미안하다,

나를 찾는데
조금 늦었어

미안하다,

나를 찾는데
조금 늦었어

초판 1쇄 발행 2021. 3. 24.

지은이 신병철
펴낸이 김병호
편집진행 임윤영 | **디자인** 정지영
마케팅 민호 | **경영지원** 송세영

펴낸곳 주식회사 바른북스
등록 2019년 4월 3일 제2019-000040호
주소 서울시 성동구 연무장5길 9-16, 301호 (성수동2가, 블루스톤타워)
대표전화 070-7857-9719 **경영지원** 02-3409-9719 **팩스** 070-7610-9820
이메일 barunbooks21@naver.com **원고투고** barunbooks21@naver.com
홈페이지 www.barunbooks.com **공식 블로그** blog.naver.com/barunbooks7
공식 포스트 post.naver.com/barunbooks7 **페이스북** facebook.com/barunbooks7

· 책값은 뒤표지에 있습니다.　**ISBN** 979-11-6545-346-6 03810

바른북스는 여러분의 다양한 아이디어와 원고 투고를 설레는 마음으로 기다리고 있습니다.

미안하다,

나를 찾는데
조금 늦었어

신 병 철 지 음

어느 40대 평범한 회사원이 깨달은 인생이야기

인생의
새로운 시작!

글쓰기에
도전한다!

바른북스

어느 40대의 인생 이야기

어느덧 나이가 40대가 되었다. 지금까지 열심히 살아왔는데 이루어 놓은 것이 없는 것 같다. 무엇을 위해서 열심히 살았는지 되돌아보니 허무하기까지 하다. 누구를 위해 살았는지도 잘 모른 채 그냥 주어진 상황에서 아무 생각 없이 살아온 듯하다. 정신을 차려보니 어느덧 40대···. 이제 무엇을 위해 살고 나를 위해 어떻게 살아야 하는 걸까?

10대, 그리고 20대를 회상해 본다. 그때는 부모님께 의지하며 시키는 대로 흉내만 내며 살아왔다. 학교에 가고, 학원에 가고, 집안일을 돕고, 부모님이 가장 좋아하는 공부를 하고 그렇게 살아오다가 군대에도 입대하고 제대 후 다시 대학 복학을 하였다. 대한민국 남자 누구와도 비슷한 10대와 20대를 보냈다. 그리고 대학을 졸업하고 사회생활을 시작하게 되었다. 호기심 반 초라한 학력 반으로 여러 군데 직장을 옮겨 다녔다. 그리고 마지막 전공을 살려서 대기업 마트에 입사하게 되면서 20년 가까이 세월이 흘러가게 되었다.

이제 42살, 내 인생에 희망찬 일출이 떠오르고 있었다. 어쩌다 홀로서기가 8년 전부터 시작이 되었는데 방황을 많이 한 듯하다.

그 방황은 나에게 약이 되어 돌아왔다. 여느 때와 같은 어느 날, 운명이 찾아온다. 나는 소주 다음으로 많이 잡은 것이 책이다. 그 책이란 것이 내 운명을 바꾸어 놓을 줄은 상상도 못 했다. 아니, 30년 전부터 생각해 온 것일 수도 있다. 하지만 꿈조차 꿀 수 없는 의미 없는 꿈이었을지도 모르겠다.

자유의 몸, 간섭 없는 자유의 몸이었기에 다시 꿀 수 있는 꿈이되었다고 생각한다. 그 자신감이 내 가슴을 두근거리게 만들고 나 자신조차도 놀라운 일이었다. 그 추진력과 진행되는 속도 그리고 새로운 나를 찾게 되었다. 아직 늦지 않았다는 가슴 속에서의 그 울림…, 2020년이 너무 뜨거워진다….

그리고, 중학교 시절을 회상해 본다. 나의 운명인가? 확률적으로 희박한 일이 벌어지게 되었다. 1, 2, 3학년 모두 국어 선생님이 담임 선생님으로 운명적인 만남이 이어지고 있었다. 이 확률은 전교생 중에서도 나밖에 없을 것이다. 그리고 나는 유일하게 국어를 좋아했다. 다만 천천히 읽는 습관을 지니고 있었기 때문에 시험 칠 때 항상 시간이 부족했다. 그래도 국어점수는 예상보다 높았던 것 같다. 또 유일한 것이 하나 있다. 학교 다니면서 처음이자 마지막으로 칭찬을 들었었다. 중학교 3학년 때 담임 선생님께서 수업시간에 앞으로 나오라고 하시는 것이다. 또 야단맞을 생각에 각오를 단단히 하고 앞으로 나갔다. 그런데 선생님께서 옆에 세우시더니 하시는 말씀이 모두 저를 본보기로 삼으라고 하시는 것이다. 순간적으로 잘못 들은 줄 알았다. 하지만 아니었다. 선생님께서 말씀하시기를 성적이 중요한 것이 아니다. 이렇게 수업시간에 바른 자세로 앉아서 선생님의 말씀을 경청하는 수업 태도가 중요하다. 이 친구는 나중에 대단한 인물이 될 것이라고 말씀하셨다.

세월이 많이 흐른 지금도 그 위대한 칭찬은 평생 잊을 수가 없을 것 같다.

그런데… 음…, 선생님 죄송합니다. 대단한 인물이 되지는 못하였습니다. 하지만 지금부터 대단한 인물은 아니지만 꿈을 향해 노력해 보겠습니다!

그 칭찬이 세월이 지날수록 더 진해지는 것 같다. 마치 곰탕 국물을 계속 끓이는 듯한 기분이다. 아니 곰탕 국물로는 표현이 부족하다.

운명, 그리고 40대의 인생이 날개를 펴고 비상하려고 한다. 희망찬 어느 40대의 이야기가 계속 이어지길 간절히 원한다.

독자 여러분, 이제 인생 글을 열어보겠습니다.

먼저 40년 동안 열심히 살아왔으니
상장부터 수여하도록 하겠습니다.

인생 상장

위 사람은 태어나 지금까지
이 험난한 세상을 충실히 살아왔기에
어떠한 어려움도 헤쳐나가며
고난과 역경을 이겨내며
열과 성을 다해 인생을 살고 있기에
이 상을 받칩니다

앞으로도 이 험난한 세상을
밝게 비추며 끊임없는 노력으로 나아갈 것을
당부드리며 많은 사람에게
모범이 되길 바랍니다

인생 대표 이 세상 **승리를 위하여!**

상장을 받았는데 소감 한마디 부탁드립니다.

인생의 쇼!
내 인생! 나의 무대!
나의 인생은 내가 설계하고
내가 무대에서 쇼를 펼친다
모두 나의 인생 무대를 지켜보라!
지금까지는 초라하고 어두웠지만
곧 조명이 밝혀지고 많은 사람의
축복 속에서 내 인생의 댄스를 보여주리라!

인생의 2막 드디어 시작이다!

첫 번째, 글이 탄생하다.

기타 소리
기타 소리가 내 가슴을 적신다
은은하게 방을 채우고
숨소리조차 내지 않는 방안에
기타 소리만 가득 채우고
오늘도 짙은 새벽

꿈을 깨우는 아침을 기다리며
설렘을 전해온다

　새벽에 일어나 기타 음악을 틀고 눈을 감아본다. 그리고 온몸으로 그 음악 소리를 느끼면서 글을 상상한다. 막연히 느껴지는 감수성대로 글을 쓴다. 내가 쓴 글을 보면서 잠시 흥분이 되기 시작한다. 나의 첫 글이 탄생하는 시간이기 때문이다.

두 번째, 책 쓰기: 고뇌의 시작

책 만들기
어제도 종이 한 장… 오늘도 종이 한 장…
하나, 둘, 셋… 꿈을 세어본다
책상에 앉아 노트북을 만지며
살포시 꿈을 만져본다
하얀 스텐드만이 나를 알아보고
내 마음을 비춘다
힘내라고…
　꿈을 꾸기 시작하면서 조금씩 글을 쓰는 습관을 들이는 중이다. 의욕만 넘치고 생각만큼 쉽게 진행되지 않는다. 아직 미흡하니까 괜찮다고 스스로 위로를 하는 시간이다.

세 번째, 이 글을 보는 모든 이에게 행복을 드립니다.

촛불 같은 시

내가 원할 때 줄 수 있고
내가 바랄 때 쓸 수 있는
촛불 같은 시여
단 5분이면 세상을 밝게 비추는
촛불 같은 시여
그대는 나의 영원한 동반자

　글을 촛불에 비유해 보았다. 촛불은 많은 사람에게 나누어 주어
도 끝이 없다. 나의 글도 계속 쓴다고 해도 끝이 있는 것이 아니다.
내 글을 보고 행복을 찾을 수만 있다면 그것으로 만족한다.

네 번째, 글로써 작품을 만드는 꿈

글작

하나의 글자가 모여 작품이 된다

글자가 모여 단어가 되고
단어가 모여 문장이 되고

문장이 모여 하나의 완성된 작품이 된다
작품이 모여 사람들을 감동시킨다

이것은 위대한 글작이다

'걸작'은 있지만 '글작'은 없다. 하지만 만들면 생긴다. '걸작'이
라는 것은 매우 훌륭한 작품을 말하는 것이다. '글작'도 같은 뜻으
로 만들었다. 글자로 작품을 만든다는 나만의 단어로 표현하였다.

다섯 번째, 인공지능이 앞으로 할 수 없는 일

로봇과 인간
로봇의 세상이 다가오고
인간의 자리는 점점 사라진다
로봇은 똑똑하고 철두철미하다
하지만 인간만이 유일하게
할 수 있는 것이 있다

창의력, 생각, 감정은 인간만이 할 수 있다
오늘도 나는 감정을 몰입하여 글을 쓰고 있다
로봇은 할 수 없는 일…

세상은 점점 발전하여 인공지능 AI의 시대가 올 것이다. 우리는 인공지능의 세상에서 유일하게 인간만이 가지고 있는 능력을 발전시켜 나가야 생존할 수 있다. 일상적인 노동력은 로봇이 하는 세상으로 바뀔 것이다. 새로운 직업, 새로운 발상이 없으면 우리는 모두 도태되고 말 것이다.

여섯 번째, 글로써 세상을 밝히고 싶다.

등불이 되고 싶은

글로써 세상을 밝히는
작은 등불이 되고 싶다

한 사람 한 사람에게 어두운 가슴에
환한 빛을 비추고 싶다
비록 작고 초라한 등불일지라도
그 한 사람만이라도 웃을 수 있다면
나의 펜 끝에서 원대한 꿈을 그려본다

오늘 하루 시작은 작은 등불로부터…

등불은 앞날에 희망을 주는 존재를 비유적으로 이르는 말이기도

하다. 등불과 글을 같은 존재로 비유해 보았다. 나의 글이 등불로 시작하여 큰 빛이 되는 그날을 기대해 본다. 오늘 하루도 작은 등불로 시작해 보자.

일곱 번째, 글 그리고 인연

글은 인연을 만든다
따뜻한 글이 사람의 심장을 감싸고
위로의 글이 사람의 상처를 치유하고
사람의 마음이 글로 이어질 때
그 사람의 모든 것이 전해지고
서로의 글로써 연결고리가 되어
하나가 될 때…

우리는 인연이 된다

　글은 하나의 연결고리가 되어 새로운 인연을 만든다는 내용이다. 험난한 세상에 말보다는 글이 사람들의 마음을 치유할 때 우리는 모두가 하나가 될 수 있다는 뜻이다.

여덟 번째, 마음을 조각하는 작가가 되자.

마음 조각가

오늘도 글로써 사람의 마음을 조각한다

글로 마음에 하트도 만들고

글로 마음에 천사도 만들고

희망도 만든다

오늘은 무엇을 만들어 볼까?

행복의 계단을 만들어 보자

조각칼 대신 펜을 들고 조각상 대신 종이에 글로써 마음을 조각한다는 비유를 사용하였다. 세상에 많은 사람의 마음을 헤아리고 마음을 조각할 때 행복의 계단을 오를 수 있다고 생각한다.

글이 탄생한다.

책 쓰기: 고뇌의 시작

이 글을 보는 모든 이에게 행복을 드립니다.

글로써 작품을 만드는 꿈

인공지능이 앞으로 할 수 없는 일

글로써 세상을 밝히고 싶다.

글 그리고 인연
마음을 조각하는 작가가 되자.

　1부터 8까지 점점 꿈이 커지고 나의 글쓰기 실력이 늘고 있다는 것을 다시금 느끼고 있다. 사람의 마음을 움직이는 방법은 여러 가지가 있다. 그중에서도 마음을 좋은 길로 인도하고 청정하게 하는 것은 글밖에 없는 듯하다. 말은 한 번 실수하면 다시 담을 수 없지만 글쓰기는 다시 수정할 수 있고 상대방의 입장을 고려하여 쓸 수 있다. 말은 정리하기가 쉽지 않다. 그래서 글이 우선이고 말은 그다음에 올 수 있는 것이다.

　그 글들을 모아서 책을 만든다는 것은 사람의 마음을 혼동시킬 수도 있고 좋은 쪽으로 인도할 수도 있다. 그래서 작가라는 직업은 어깨가 무거울 수밖에 없다.

　그리고, 인내와 고독과 고통을 견뎌야 하고 자기와의 싸움을 이어가야 한다. 수행의 길이 멀고 험하다. 하지만 그 수행의 길을 넘어서는 것을 반복하다 보면 아름다운 수석보다 더 아름답고 위대한 사람으로 다시 탄생하게 되는 것이다.

연못 속 푸른 물고기
나 자신이 아닌 다른 누군가의 인생을 생각한다고
나를 보지 못했어…

나를 바라보는 법을 몰라 오래 걸렸어
그동안 나보다는 남을 보고
남을 먼저 생각하고 희생하고…
남에게 잘 보이려고 인정받으려고 노력했었어
'넌 참 착하다'라는 말을 들을 때 기분이 좋았어
남에게 인정받았으니까 난 괜찮은 사람이라고
그게 정답인 줄 알았어

이제 아니야…
나는 나에게 인정받고
가장 사랑해 줘야 해
이제 알았어!
인생은 나에게로부터 시작하는 거라는 걸!

미안하다, 나를 찾는데 조금 늦었어

　연못 속에서 자신의 푸른 비단 같은 아름다운 모습을 몰랐던 물고기가 큰 바다로 나오면서 남들보다 자신이 정말 아름답고 훌륭한 물고기라는 것을 깨닫게 되는 글이다.
　사람도 자신의 본 모습을 잃고 살아가다가 독서라는 큰 바다에서 깨달음을 얻을 때 비로소 자신이 정말 대단한 사람이라는 것을 알게 된다.

　이제 나를 찾았으니 큰 바다를 항해하면서 멋진 인생을 살아보자! 나는 훌륭하고 아름답고 위대하니까!

목차

10장.

지식은
내 삶에
만병
통치약

11장.

오래된
친구는
가족이다

12장.

떠난 인연,
다가온 인연
그리고 SNS
인연

내 자신에 대한 자신감을 잃으면,

온 세상이 나의 적이 된다.

미국의 사상가, 시인

-랄프 왈도 에머슨-

미안하다, 나를 찾는데 조금 늦었어

1장.

나를 바라본다

거울

거울을 보며 말한다
너는 누구냐고

거울을 보며 말한다
너를 사랑하라고

거울을 보며 말한다
그동안 수고했다고

거울을 보며 말한다
너무 희생하지 말라고

거울을 보며 말한다
너 자신을 지키라고

거울 속의 내가 보인다…

사람은 누구든지 자기만의 거울을 갖고 있다.
그 거울은 타인 속에 있어서
자신의 죄악과 결점을 똑똑히 비춰준다.
그런데 우리는 대개 이 거울에 개처럼 반응한다.
거울에 비친 것이 자신이라는 사실을 모르고
사납게 짖어대는 것이다.

독일의 철학자
-쇼펜하우어-

나만의 공간

사람은 누구나 자기만의 공간이 있다
그곳은 세상에서 가장 편하고 행복한 공간이다
커피를 마시는 공간, 책을 읽는 공간
영화를 보는 공간, 음식을 먹는 공간
통틀어서 내가 사는 집이 될 수도 있다

그곳에서 나만의 세계에 빠진다
그 누구의 방해도 받지 않는
평화로운 나만의 공간 속에서

나를 바라본다…

    나는 거실을 가장 좋아한다. 거실에는 나만을 위한 1인용 리클라이너 소파가 있다. 그곳에서 낮잠도 자고 독서도 하고 커피도 마시고 음악도 듣는 나만의 공간이다. 옆에는 긴 테이블과 5단 책장이 있다. 자주 보는 책이나 보려고 보관해 둔 책들이 정리되어 있다. 제일 하단에는 커피와 녹차 등이 있다. 내가 최근에 가장 행복을 느끼는 공간이다.

나를 위한 기도

나를 위해 내가 기도한다
두 손 모아 눈을 감고 나를 돌아보고
인생을 걸어온 길 그리고 가야 할 길
5년 뒤… 10년 뒤를 생각하며
나를 위해 기도한다

지나간 일은 지나간 대로
이유가 있었고 의미가 있었고
가야 할 길은 돌탑을 쌓듯
차근차근 하루하루 살아가야지
그동안 돌보지 못한 나를
사랑하고 지켜가야지

눈을 뜨고 거울을 본다…

나는 오늘 해야 할 일이 많기 때문에
기도하는 시간을 갖기 위해서 한 시간 더 일찍 일어난다.

|

독일의 종교개혁자이자 신학자
-마틴 루터-

그동안 살아온 길은 후회가 된다. 하지만 그 세월은 나에게 약이
되어서 돌아왔다. 후회가 있었기 때문에 앞으로의 삶이 더 밝고 긍
정적인 모습으로 살아갈 수 있는 것이다. 자신의 방황을 이해하면
서 반성하고 있기에 앞으로의 삶은 터널이 된다. 동굴 같은 인생이
떠나가고 앞이 밝은 인생길이 열릴 것이다. 욕심을 버리고 하루하
루 더 나은 인생을 위해 노력하자.

미안하다, 나를 찾는데 조금 늦었어

기대

인생을 살면서 많은 기대를 하면서 살아간다
요행도 바라고 엄청난 노력에 대한 대가도 바란다

우리 인생이 현실에서는
내가 노력한 만큼의 결과가 비례하지는 않는다
나의 기준과 현실은 늘 다르다는 것을 느끼곤 한다
하지만 노력한 만큼 좋은 결과가 올 확률은 높다는 것은 확실하다

오늘도 내 자신을 위해 고군분투한다

　인생이란 알 수 없는 것 같다. 노력과 관계없이 대가가 오는 경우가 있고 노력을 엄청나게 하여도 대가가 오지 않는 경우가 있다. 그렇다면 노력과 대가는 다른 것인지 의문이 생길 때가 있다.
　그 깨달음은 자신과의 경쟁이라는 것을 알게 되었다. 운의 확률보다는 노력에 의한 대가의 확률이 더 높다는 것을 알게 되었다. 운은 오래가지 않으며 언젠가 사라질 것이다. 하지만 노력은 나의 몸 깊은 곳까지 남아있기에 대가는 내 손에 주어지게 되는 것이다.

평범함을 벗어나면

평범한 일상에서 한 발짝 벗어나면 새로운 세상이 열린다

지금 살고 있는 무미건조한 삶을 벗어나

사막에서 오아시스를 찾아내 얼굴을 들여다보듯

나 자신과의 만남은 설레이고 두근거린다

평범한 일상 속에서 나 자신을 찾고

그동안 관심 없었던 운동이나 취미 같은 키워드에

깊이 있게 빠져들면 내 마음이 어디에 기울어져 가는지 느낄 수 있다

더 나아가 창조적인 흐름으로 가면서 나를 바라볼 때

내가 그 분야의 정상에 서게 되리라!

창조적인 삶을 살기 위해 우리는
잘못되는 것에 대한 두려움을 버려야 한다.

|

아동발달전문가
-조셉 칠턴 피어스-

늘 살아가는 인생의 패턴으로 살아가면 인생이 무미건조해지고 지루한 인생이 계속된다. 인생의 전환점을 찾기 위해서는 기존에 하지 않았던 것들을 하면서 스스로 나를 찾을 수 있게 된다. 운동이나 취미생활은 나를 변화시키는 모티브가 된다. 그것을 계속 실천하면 나를 찾게 된다. 그리고 창조성을 발휘할 수 있는 역량을 키울 수 있다.

타인 의식

그 누구의 눈치도 보지 말고
그 누구의 말도 신경 쓰지 말고
내 자신에게 집중하자
내 생각이 옳고
내가 하는 행동이 정답이다
타인을 의식하여
내 자신을 잃어버리는 것은
인생을 과소비하는 것과 같다
자신에게 집중하고
타인의 말은 참고만 하자

늙어서 꼭 후회한다

우리를 망치는 것은 다른 사람의 눈을
지나치게 의식하는 것이다.
만약 나 외에 모든 사람이 장님이라면
번쩍이는 가구는 필요가 없다.

|

미국의 정치인
-벤저민 프랭클린-

  너무 지나친 타인 의식은 나를 괴롭히고 내 생각을 잃어버리고
말 것이다. 타인의 말은 경청하고 참고만 하면 된다. 틀려도 내 생
각대로 실천하게 되면 그 잘못된 상황을 개선하게 되고 스스로 최
적화된 상황을 이끌어 나갈 수 있다.

나의 브랜드

내 자신의 이름은 어떤 브랜드인가?
내 이름을 주변인에게 검색하면
어떤 분류의 키워드가 나오고
어떤 가치가 있는가?

우리는 혼자 살아갈 수 없는 존재이므로
내 자신의 가치는 내 인생에서 중요한 요소이다
내 이름이 브랜드가 되고 하나의 1인 기업이 된다

남들에게 잘 보이라는 뜻이 아니다
나만의 이유 있는 특별한 브랜드를 갖고 산다면
인생의 나침반이 잘 보일 것이다

자신의 가치는 스스로 증명해 가는 것이지
누군가 정해주는 것이 아닙니다.

ㅣ

웹툰
-"별을 위한 노래" 中-

10대부터 30대까지 나의 키워드는 소심함과 조용함, 내성적인 성격, 착하다였다. 지금 40대 나의 키워드는 독서가, 감수성, 대화하고 싶은 사람, 희망의 아이콘으로 바뀌었다. 요즘 가장 많이 듣는 말은 대단하다, 훌륭하다, 존경한다 등이다.

살아생전에 들어보지 못한 말을 2020년에 다 들어보고 있다. 이제 나의 브랜드는 변화와 혁신이 함께한다.

자관대 남혹독

'자신에겐 관대하고 남에겐 혹독하다'

사람들은 자신에게 대하는 태도와
남에게 대하는 태도가 다르다

왜 그럴까?
자신이 한 행동은 용서가 되지만
남은 용서가 되지 않는다
자신의 잘못도 그 잘못에 대해
남과 같이 대해야 한다

우리 모두 남을 대하듯
자신에게도 그렇게 대하자!

남을 너그럽게 받아들이는 사람은
항상 사람들의 마음을 얻게 되고
위엄과 무력으로 엄하게 다스리는 자는
항상 사람들의 노여움을 사게 된다.

|

-세종대왕-

우리는 남에게 혹독하게 대할 때가 있다. 그럴 때는 우선 자신이
그렇게 행동했을 때 어떻게 생각했는지부터 알아봐야 한다. 자신
의 잘못은 용서가 되지만 남의 잘못은 용서가 되지 않는 생각은 잘
못된 생각이다. 자신도 반성하고 고칠 수 있을 때 타인에게 그렇게
대할 수 있는 것이다.

타인에게 인정받고 싶은 욕구

우리는 태어나면서 부모님에게 인정받으려 노력하고
학교에 가서는 선생님, 교수님에게 인정받으려 노력한다
그리고 사회생활을 하면서 직장에서 상사에게 인정받으려 노력하
게 된다
살면서 죽을 때까지 우리는 인정 욕구에 의해 행동하고 실천한다

인정은 곧 평점이 존재하기 때문에
우리는 그 속에서 서로 경쟁하면서 살아가게 된다

타인이 아닌 내 자신은 나에게 몇 점을 줄 수 있을까?
나에게 먼저 인정받아 보자!

당신이 동의하지 않는 한 이 세상 누구도
당신이 열등하다고 느끼게 할 수 없다.

|

미국의 32대 대통령 프랭클린 D. 루스벨트의 부인
-엘리너 루스벨트-

    우리는 세상을 살아가면서 남에게 인정받으려고 노력하면서 살
아간다. 그러나 정작 자신은 자기 자신에게 인정을 해주지 않는다.
자신의 행동과 인생을 인정해 주고 스스로 칭찬하는 시간을 가져
보자. 내가 나를 인정할 때 비로소 타인도 나를 인정할 수 있는 것
이다.

낭만에 관하여

인생에 낭만이 없으면
사막과도 같은 세상이 된다
현실적인 사람만 존재한다면
삭막하고 경직된 사람들만 존재하게 된다
이기적이고 표현력 없는 세상이 되고 만다

하지만 낭만은 항상 2인자이고
비웃음거리가 되고 만다

그래도 사람 냄새나는
낭만을 택하고 살기로 했다
나로 인해 웃으며 행복한 사람이
더 많아졌으면 좋겠다…

우리가 왜 사는지,
무엇 때문에 사는지에 대한 질문을
포기하지 마.
그 질문을 포기하는 순간
우리의 낭만도 끝나는 거다.

|

드라마
-'낭만닥터 김사부 2' 中-

　우리가 살아가는 이유 중 하나가 '행복'이다. 하지만 그 의미를
잃어가고 살아간다. 현실 속 바로 앞에 이득을 택하게 되는 것이다.
삶에 대한 원초적인 의미를 한 번씩 되새겨 보는 시간이 필요한 듯
하다.

모두 내 탓

잘한 것도 내 탓
못한 것도 내 탓
잘된 것도 내 탓
잘못된 것도 내 탓이다

모든 건 그 누구의 탓도 아니고
모든 상황도 상황 탓이 아니다

모두 나로 시작해서 나로 끝난다

내가 부족해서 그렇고
내가 잘나서 그렇다

일이 잘못되면
군자는 제 탓을 하고, 소인은 남을 탓한다.

|

중국 사상가
-공자-

어떤 상황이 벌어졌을 때 우리는 그 상황의 잘된 일인지 잘못된
일인지 파악 후 내가 한 것인지 남이 한 것인지 판단한다. 왜냐하
면, 피해의식이 있기 때문이다.

나는 훌륭하다

　내가 어떤 존재인지 나조차도 잘 몰랐다. 그냥 착하고 배려심 많은 누구와도 잘 맞추는 그런 존재로만 알고 있었다. 그런데 어느 순간 혼자만의 공간 속에서 자신에 대해 알게 되었고 점점 더 깊이 있게 보고 있었다. 알면 알수록 낯선 자신을 보게 되었고 남들보다 더 자신을 모르고 살고 있었다. 자신이 신기하게 느껴지면서 '나는 훌륭한 존재'인 것을 깨닫게 되었다. 나는 남보다 부족한 것이 아니라 나를 모르고 살았기 때문에 인지력이 떨어진 것으로 생각된다.

　시간이 지날수록 더 발전하는 자신을 발견하고 자신감이 생기면서 삶의 재미가 느껴지고 있다. 앞으로 살아갈 날이 얼마가 될지 모르지만 자신을 계속 발견하고 발전시켜서 꿈을 향해 나아갈 것이다. 나는 오늘도 거울을 보며 외친다. "나는 훌륭하다."라고….

모든 사람은 경탄할만한 잠재력을 가지고 있다.

자신의 힘과 젊음을 믿어라.

'모든 것이 내가 하기 나름이다.'라고

끊임없이 자신에게 말하는 법을 배우라.

|

프랑스 소설가

-앙드레 지드-

나 자신과의 협상

　나는 거울 속에 비친 나와 협상을 하였다. 지금부터 다시 태어나 나를 새롭게 하고 자신을 위해 힘을 다하겠다고 약속하였다. 그동안의 인생을 발판 삼아서 극복하고 인내하여 몸과 마음을 다져서 영광스러운 자리에 오를 것을 약속하고 다짐하였다.

　자신을 갈고 닦아서 눈부신 다이아몬드처럼 빛나는 인생으로 끝나길 기대하며 지속적으로 노력할 것을 약속한다.

　자신을 위해 오늘도 달린다!

자신의 본성이 어떤 것이든 그에 충실하라.
자신이 가진 재능의 끈을 놓아버리지 마라.
본성이 이끄는 대로 따르면 성공할 것이다.

|

-시드니 스미스-

나에게 집중하기

　나만의 공간에서 나에게 집중하는 건 나를 알아가는 단계 중 하나이다.

그동안 바쁘게 살아온 나에게…
타인에게 신경 쓰며 집중했던 나에게
미안하다고 말하고 있다
그리고, 이제 나에게 집중하는 시간
내 몸과 마음을 체크하고 알아간다
부족한 내 몸과 마음을 채우고 새롭게 일깨운다
인생을 살아오면서 지친 내 영혼을 맑게 승화시킨다

　어느 깊은 밤, 커튼을 치고 불을 끄고 매트 위에 앉았다. 빛 하나 없고 고요한 공간 속에 눈을 감고 나를 바라본다. 몸의 체온을 느끼며 심장 소리에 귀를 기울인다. 심장 소리에 살아있음을 느끼고 나는 아직 젊고 꿈이 있다는 것을 생각한다.
　짧은 명상으로 길게 심호흡을 하며 내 마음을 최대한 안정시킨다. 너무나 평온하고 아늑하다.

　다음날, 새소리와 함께 밝은 빛을 통해 아침이 온 것을 느낀다. 기지개를 켜고 10분간 스트레칭을 한다. 몸이 나른 해지더니 잠시 후 몸이 가벼워진다.

　옆에 있는 미지근한 500ml 페트병 물을 마신다. 공복에 물을 마시며 몸 구석구석을 청소해 준다. 이제 몸속까지 개운해진다. 그리고 바로 건강음료를 마시고, 눈 영양제, 멀티 비타민, 유산균을 먹는다. 마지막으로 호두와 아몬드를 5개씩 먹는다.

　이제는 습관적으로 하루의 시작이 되는 행동이다. 그것은 나와의 약속이고 나를 위한 행동이기 때문이다.

　운동은 아침 일찍이나 퇴근 후 밤늦은 시간에 주로 한다. 체육공원이나 하천에서 조깅, 걷기 운동을 주로 한다.

　나 자신의 체력을 상승시키고 몸과 마음을 튼튼하게 하여 꿈을 향해 달려가기 위해서다.

　집에 돌아오면 스쿼트와 푸시업을 한다. 근력은 나이가 들수록 꼭 필요한 것이다. 근력이 없으면 뼈에 무리가 가고 내 몸을 보호할

조금 늦었어 | 나를 찾는데 | 미안하다.

수 없기 때문이다. 특히 허벅지 근육은 몸 전체를 책임을 지는 역할을 하기 때문에 중요한 부위다. 더 자세한 사항은 의사에게 물어보도록 하자.

비가 오는 날이면 집에서 클래식을 들으며 커피 한잔을 한다. 뜨거운 커피 한잔을 마시면서 1인용 리클라이너에 몸을 맡긴다.

저 작은 공간 속에서도 이렇게 많은 것을 얻을 수 있다. 이게 바로 '소확행'이고 가성비가 뛰어나다고 할 수 있다.

우리는 너무 화려하고 거창한 것에 투자를 많이 하고 현혹되어 가고 있다. 작은 것에서도 엄청난 것들이 숨어있다는 것을 느끼지 못한 채 살아간다. 그리고 남에게 보여주기 위해 돈을 많이 쓴다.

여기서 또 하나 깨달은 것이 생겼다. 보이지 않는 것을 보는 눈을 가져야 한다. 그래야 행복할 수 있다.

클래식은 위대한 것 같다. 모든 것에 다 어울리는 음악이다. 아직 클래식에 대해 문외한이지만 느낌으로 알 수 있다.

운동, 명상, 공부, 독서, 잠, 식사 등과 함께한다. 그리고 내 마음까지 움직이는 듯하다. 때론 열정적으로, 때론 평온하게 만든다.

한국인으로서 국악도 한번 알아보고 싶다. 이렇게 세상에 알고 싶은 것, 경험해 보고 싶은 것이 많다는 것을 새삼 느끼게 된다.

지금까지 낭비한 시간과 세월이 다시 한번 아깝다는 생각이 든다. 그래서 더 소중하게 인생을 살아가고 싶어진다.

마지막으로 매일같이 하는 행동 중 가장 중요한 것이 남았다. 큰 꿈, 제2의 나를 만드는 꿈…. 바로 글쓰기다.

글쓰기를 넘어 책 출간이다. 주변 사람들은 대부분 비웃듯이 말을 하고 관심을 두지 않는다. 하지만 몇몇 사람들은 격려와 박수를 보낸다. 또 SNS에서는 모르는 분들이지만 수많은 사람이 호응해 주고 있다.

글을 쓰는 것은 나를 새롭게 변화시키고 나조차도 놀랄 수밖에 없는 행동이다. 내가 쓴 글을 다시 읽어 볼 때면 새롭게 느껴지면서 인생에 자신감이 생긴다.

친구들이 '표절 아니냐?'라고 이야기하면 나는 '고맙다 친구야.' 라고 답한다. '내 글이 그렇게도 뛰어나니?'라고 추가 대답을 하기도 한다.

나의 변화된 모습에 주변인들의 반응이 조금씩 달라지고 있다는 것을 느낀다.

끝으로 남기고 싶은 말이 있다. "나에게 집중하면 잠재된 내 속에 있는 새로운 나를 발견할 수 있다. 그리고 원대한 꿈을 감히 그릴 수 있을 것이다." 이것은 경험에서 나오는 진심이다.

긍정적인 태도는 강력한 힘을 갖는다.
그 어느 것도 그것을 막을 수 없다.

|

미국 작가
-매들렌 렝글-

자신을 사랑하는 것과
이기적인 것에 대한 차이

  자신을 사랑하는 것과 이기적인 것은 다른 개념이다. 하지만 많은 사람이 두 가지에 대해서 혼동하고 있는 듯하다.

  어떤 단체생활에서 식당 배식을 하고 있는데 내가 좋아하는 바나나가 나왔다. 그 바나나 2개를 먹으면 누군가는 바나나를 먹지 못한다. 그래도 자신을 사랑하기 때문에 2개를 먹었다. 그것은 자신의 사랑인가? 이기적인 것인가?

  당사자가 볼 때는 나를 위한 것이지만 타인이 볼 때는 이기적인 사람이라고 할 수 있다. 만약에 바나나가 많이 남아서 내가 먹는 것이라면 누가 봐도 '자기애'가 강한 사람이구나, 라고 생각한다.

  같은 행동이지만 상황에 따라서 제3자가 볼 때 다른 방향으로 생각하게 된다. 자신을 사랑하는 것은 굉장히 중요하고 꼭 필요한 요소이다. 하지만 주변 상황과 사람들을 고려하지 않고 자기 자신만 생각한다면 그것은 이기적인 사람으로 낙인이 찍힐 것이다.

  반대로 더 깊이 생각하여 바나나를 내가 먹지 않고 내가 좋아하는 사람에게 베푼다면 그 사람은 정말 자신을 사랑하는 사람일 것이다.

'하나를 베풀면 두 개가 되어서 돌아온다.'

"내 바나나 먹을 사람? 어! 2명이네…"

그 바나나를 반으로 잘라서 2명에게 나누어 주었다
나와 친구 2명이 모두 행복했다

당신이 바라거나 믿는 바를 말할 때마다,

그것을 가장 먼저 듣는 사람은 당신이다.

그것은 당신이 가능하다고 믿는 것에 대해

당신과 다른 사람 모두를 향한 메시지다.

스스로에 한계를 두지 마라.

미국의 여성방송인. 20년 넘게 TV 토크쇼 시청률 1위를
고수해 왔던 '오프라 윈프리 쇼'의 진행자로 유명하다.

미안하다, 나를 찾는데 조금 늦었어

2장.

글쓰기의 꿈과 도전

양은냄비와 꿈

양은냄비는 빨리 끓지만 빨리 식는다
꿈을 끓이기 위해 빨리 끓였지만
빨리 식고 만다…
우리네 인생처럼 많이 까맣고 찌그러지고
볼품없지만 그것조차도 아름답다
식은 양은냄비는 다시 또 데우고 또 데우고
우리의 꿈을 계속해서 데우고 있다
김이 모락모락 하늘 높이 올라가고 있다
내 꿈도 하늘 높이 올라가고 있다

조금 늦었어 | 나를 찾는데 | 미안하다,

만약 당신이 성공하기를 꿈꾼다면
지금 당장 할 일이 있다.
자신의 꿈을 잊지 않도록
항상 되새기는 것이다.

이지성 작가
-"꿈꾸는 다락방" 中-

꿈을 꾸고 도전을 하고 있지만 볼품없는 양은냄비에 불과하다. 하지만 계속 꿈을 끓이고 또 끓여서 꿈을 이루기 위해 노력하고 있다. 언젠가 열이 식지 않는 뚝배기가 되는 그날까지 계속 전진할 것이다.

능력자

당신은 능력자입니다
이 세상에 태어나 인생을 배우고 익히고
힘든 역경과 고난을 경험하며
인생의 참뜻을 알고 있는 능력자
이제는 당신의 능력을 보여줘야 합니다

도전하십시오!
자신감을 가지세요!
당신이 잘하는 무언가를 향해
이 문을 열고 꿈의 길로 가십시오!

당신은 능력자니까요…

새로운 것을 배우고
뭔가 새로운 것을 시도해 보라.
그리고 멋진 실수를 해보라.
실수는 자산이다.

|

싱커스 50 세계에서 가장 영향력 있는
50인의 비즈니스 사상가
-다니엘 핑크-

실수를 두려워하지 않고 도전하는 자만이 성공할 수 있다. 그리
고 실수는 자산이 된다. 지금까지 살아온 험난한 인생이 나의 든든
한 버팀목이 된다. 무엇이 두려운가. 지금부터 새로운 문을 열고 앞
으로 나아가자.

이중생활

나는 이중생활을 한다
출근하면 직장인이 되고
퇴근하면 작가가 된다

공통점이 있다면 모두 열심히
열과 성을 다한다는 점이다

먹고 살기 위해 일을 하고
꿈을 먹고 행복을 위해
글을 쓴다

오늘 밤 나는 꿈을 먹고
행복한 하루를 마무리한다

세상의 유일한 기쁨은 시작하는 것이다.

|

이탈리아 시인, 소설가
-체사레 파베세-

  인생의 기쁨과 행복은 무엇을 시작하는 것이다. 본업은 의식주를
해결하기 위한 것이고 꿈은 행복한 삶을 위한 것이다.

연필과 꿈

연필의 촉은 나의 꿈을 적는 곳이고
연필의 몸통은 꿈을 움직이게 하는 지지대이다
가끔 촉이 부러질 때가 있다
그러면 다시 칼로 촉의 위쪽을 깎아서
내 마음을 다듬듯 다듬는다
그리고 다시 꿈을 쓴다

연필이 작아지는 만큼
내 꿈은 커지고 있다

수백 번의 이상적인 생각보다
한 번의 실행이 변화의 시작이다.

|

페이스북 최고운영책임자, 이사
-셰릴 샌드버그-

    연필과 꿈을 비교해 보았다. 모든 것은 연관성이 있다. 그 연관성을 찾아내는 것 또한 창조라고 할 수 있다. 아무도 하지 않았던 것을 시도하는 것은 훌륭한 일이다. 글쓰기를 실행하면서 행복을 느끼고 변화하는 자신을 발견할 때 세상을 다 가진 듯하다.

꿈속에서

꿈속에서 나는 또 다른 나와 만난다

꿈속의 나는 지금 현실과는 정반대의 삶을 살고 있다

날마다 다른 자신을 만나곤 한다

무대에서 노래도 부르고

부자가 되기도 하고

넓은 정원에서 가족들과 함께

파티도 하곤 한다

꿈속의 나를 현실에서 만나기 위해

오늘도 글을 쓴다

작가를 꿈꾸며…

어떤 일을 하기에 앞서 스스로
그 일에 대한 기대를 가져야 한다.

|

미국의 전설적인 농구스타
NBA에서 활약하면서 '농구황제'라 불렸다.
-마이클 조던-

　작가를 꿈꾸면서 요즘 자면서 꿈을 많이 꾼다. 같은 단어이지만
다른 의미다. 하지만 장래희망이 잠자는 꿈속에서 길몽으로 자주
나타난다. 그것은 무의식에서도 내 꿈은 생각하고 있다는 것이다.
그만큼 기대가 크다는 이야기다.

꿈을 먹고 사는 사람

꿈이 있는 사람과 꿈이 없는 사람은 인생의 밝은 빛과 어두운 빛의 차이다. 밝은 빛을 보고 가는 사람은 언젠가 꿈을 이루어 내가 원하는 행복한 삶을 살 수 있고 꿈이 없는 사람은 언제나 제자리거나 더 안 좋은 인생에 처하게 된다.

우리가 흔히 비유하는 터널과 동굴의 차이점이 생각이 난다. 터널은 어둠을 지나면 밝은 세상이 오고 동굴은 어둠을 지나도 어두운 끝이 존재한다. 우리는 어디를 향해서 갈 것인가?
꿈이 있는 사람은 터널 같은 희망의 빛을 잃지 않고 늘 정상의 빛만 바라보고 생각하며 달려간다. 그 과정이 시련의 고통과 그 어떤 아픔이 있을지라도….

우리는 어릴 때 수많은 직업을 꿈꾸며 살아왔다. 그러나 초등학교를 지나 중학교, 고등학교를 진학하면서 그 꿈들은 점점 희미해져 가고 있다. 대학생이 되면서 꿈보다는 현실에 맞는 생계형 직업을 선택하려고 한다.

한번 생각해 보자. 무엇이 우리의 꿈을 버리게 하는가? 성적이 우수하지 않아서? 나와 맞지 않는 꿈이라서? 생계에 어려움이 있을 것 같아서?

　단지 나와 맞지 않아서 버리는 꿈은 나쁘지는 않다. 또 다른 꿈을 향해 나아가면 되는 것이니까. 하지만 꿈이 없고 그냥 사는 인생이라면 말이 좀 달라지는 것 같다. 가족을 먹여 살려야 하고 어쩔 수 없는 상황이라 선택한 직업일 수도 있다.

　하지만 우리에겐 남는 시간이 24시간 중 여유 있는 시간이 존재할 것이다. 그 시간은 나의 '꿈의 시간'으로 만들어 보자. 단순하게 TV를 보거나 게임을 하거나 술을 마시면서 시간을 보내지 않았으면 한다. 그 시간에 내 꿈을 향해서 전진해 보면 어떨까? 물론 나도 TV도 보고 술도 마신다. 하지만 그것은 나를 잠시 힐링시키기 위한 시간 관리 중 하나다. 그저 심심해서 하는 행동이 아니다.

　나 자신을 다시 한번 업그레이드시켜 보자. 딱 일주일만 나 자신을 컨트롤 하고 내가 원하는 것을 노력해 보자. 그리고 단 하루는 나태해져도 된다. 그때의 기분은 정말 짜릿하다. 무언가를 성취하고 하루를 쉬는 나 자신이 훌륭하게 느껴질 것이다. 오늘도 나는 하루의 루틴을 정하여 반복된 생활을 하고 있다.

2개의 삶(현실과 꿈)

생존을 위한 일…

꿈을 위한 일…

먹고 살기 위해 일을 하고

꿈을 이루기 위해 2개의 삶을 산다

누구는 1개의 삶에 만족하지만

꿈이 있는 자는 2개의 삶을 살아간다

현실의 어머니가 꿈이라는 자식을 낳는다

2020년 1월 문득 삶에 대한 회의감이 생겼다. 그리고 집에 온 뒤
메모를 하기 시작했다. 내가 하고 싶은 것, 되고 싶은 것을 기록했
다. 매일 쓰니 내 기분이 좋아졌다. 그리고 실력이 늘게 되고 자신
감이 생기기 시작했다. 자신감이 생기니 꿈을 가지게 되었다. 이제
이 꿈을 놓치고 싶지 않아졌다.

돌연변이로 산다는 건

우리는 돌연변이를 부정적으로 안 좋은 단어로 인식한다. 하지만 이 세상에 돌연변이가 없었다면 변화와 혁신은 없었다. 붕어빵에 팥만 넣으라는 법은 없으니까. 잼도 넣을 수 있고 크림도 넣을 수 있다. 그런 것이 세상을 변화시키는 모티브가 된다. 나는 돌연변이로 살기로 했다. 4차원, 아웃사이드 등 인싸에 들지 못할지도 모른다. 다르게 사는 건 힘든 일이다. 세상은 나 자신이 없는 팥 넣은 붕어빵처럼 그렇게 남을 의식하면서 맞추면서 살아간다. 기존에 살던 방식의 인생을 벗어나는 건 혼자 남게 된다는 두려움 때문이다. 발전보다는 맞추는 인생을 원한다면 그냥 그렇게 평범하게 사는 것도 나쁘지는 않다. 단, 꿈을 갖거나 내가 주인공이 된 삶은 없을 수도 있다.

길을 모르면 길을 찾고
길이 없으면 길을 닦으면 된다.

고정관념이 멍청이를 만드는 거다.

매일이 새로워야 한다.

|

현대그룹의 창업자
-정주영-

인생은 나와의 스포츠다

인생을 살아가면서
항상 스포츠 같이 경쟁을 한다
타인을 이기려 노력하고
타인의 모습을 따라 하기도 한다

정작 중요한 자신을 이기거나
발전시키지는 못하면서

우리는 중요한 것을 잊은 채 살고 있다
인생은 자신을 이기는

나와의 스포츠라는 것을…

인간은 인생의 방향을 결정할
규칙을 가지고 있어야 한다.

|

미국의 영화배우, 할리우드의 인기스타.
많은 서부극, 전쟁 영화에 출연
-존 웨인-

　인생은 나와의 전쟁이고 스포츠다. 타인을 이기기 위해 노력하기
보다 어제의 나와 싸워서 이겨야 한다. 인생이라는 스포츠 속에서
나만의 규칙을 정하고 방향을 정해서 나아가고 올라가야 한다.

실패와 실수

당신은 실패한 것이 아니라
실수한 것입니다
실패한 인생은 없습니다
그저 한두 번 실수한 인생입니다

다시 일어나 걸어가면 됩니다
다시 일어나 올라가면 됩니다

인생은 실수를 쌓아 성공의 탑을
완성하는 것이니까요…

아무리 중대한 실수를 저질렀더라도
항상 또 다른 기회는 있기 마련이다.
우리가 실패라 부르는 것은 추락하는 것이 아니라
추락한 채로 있는 것이다.

|

'꼬마 메리'로 스타덤에 오른 영화배우로
무성 영화 시대에 가장 유명했던 여배우
-메리 픽포드-

실패와 실수는 두자 중 한자 차이지만 그 의미는 엄청나다. 우리
는 실수한 것이지 실패한 것이 아니다. 나 스스로 어떤 판단을 하는
지에 따라서 인생이 달라질 수 있다.

진정한 땀방울은 배신하지 않는다

우리는 혼신을 다해 일을 하고
대가를 받는다
많은 땀방울을 흘리고 그 대가는
내가 흘린 땀방울의 가치보다
작을 수도 클 수도 있다
하지만 내가 흘린 땀방울은
그 어떤 것보다 값지고 위대하다

오늘도 위대한 땀방울을 흘리러
나를 지키러 간다

절대 허송세월하지 마라.

책을 읽든지, 쓰든지, 기도를 하든지,

명상을 하든지, 또는 공익을 위해 노력하든지

항상 뭔가를 해라.

|

독일의 수도자, 종교 사상가

-토마스 아켐피스-

인생을 살면서 노력하지 않고 허송세월만 한다면 정말 삶의 가치
를 모르는 사람이다. 무언가에 최선을 다한다는 것은 나를 지키는
일이다. 한번 사는 인생을 그렇게 낭비하지 말고 삶의 가치를 느끼
고 진정한 땀방울로 대가를 받아보자.

인생은 리허설이 없다

인생이란 리허설이 없고
바로 실전을 살아야 한다

그래서 누구나 힘들고
어렵고 낯설다
그래도 끝까지 버티고 살아야 한다

어제의 인생이 오늘이 될 수는 없지만
우리는 경험과 배움을 통해
인생을 살아가야 한다

인생은 리허설이 없고
매일이 전부 생방송이다.

|

중국 최대 전자상거래 업체
알리바바의 창업자
-마윈-

    인생은 리허설이 없다. 인생은 그래서 냉정하다. 하지만 우리가 인생을 사는 모습을 보면 그렇게 냉정해 보이지 않는다. 그냥 대충 사는 사람들이 많은 것 같다. 흘러간 세월은 다시 오지 않는다. 세월이 흘러서 노인이 되었을 때 후회해도 소용없다. 그때는 이미 몸이 말을 듣지 않기 때문이다.

다크호스의 길

힘없고 능력 없는…
아무도 관심 없는…
아무도 인정하지 않는…
그런 사람이 있습니다

그는 독특하고 자기만의 세계가 있습니다
그래서 늘 생각의 꿈이 넘치고 깊습니다
그 누구도 생각하지 않는 그런 생각을 하는
그는 다크호스입니다
남들이 가지 않는 길을
힘차게 달려서 세상을 움직입니다

　자신의 능력을 과소평가하지 말자. 타인이 무슨 말을 하든지 신경 쓰지 말자. 그냥 나는 내가 가야 할 길을 다크호스처럼 무한 질주할 것이다. 나는 그 누구도 생각하지 않는 생각을 할 것이다. 기존에 없는 것을 생각해서 앞으로 나아갈 것이다. 그리고 세상을 움직일 것이다.

다시 뛰어라!

우리는 살면서 수도 없이 넘어진다
깨지고 피 나고 흙투성이 인생이다

때론 일어나기 싫을 때도 있다
그냥 주저앉아 이대로 쉬고 싶을 때도 있다
그럴 땐 잠시 앉아 쉬어도 된다
하늘을 보고 잠시 눈을 감고 쉬면서 재충전하고
언제든 다시 일어나면 된다

우리는 잠시 넘어졌을 뿐
다시 일어나서 하늘 높이 뛰면 된다!

이 세상에 열정 없이 이루어진 위대한 것은 없다.

|

근대 독일의 철학자, 독일 관념론을 집대성했다.
-게오르크 빌헬름-

몇 번 넘어졌다고 포기하지 말자. 그냥 누구나 다 넘어지는 것이다. 넘어지면서 왜 넘어졌는지 생각하자. 그리고 다시 일어나 다시 뛰어보자. 넘어진 이유를 알면 다시 뛰어가기가 쉬운 법이다. 우리는 그렇게 넘어지는 것을 반복하면서 서서히 성장하게 된다. 넘어지는 현실이 두려워 걷지도 않는다면 영원한 폐배자로 남을 것이다.

7전 8기의 정신

7번 넘어져도 8번 일어나자!

이런 정신으로 살아간다면
세상사 어려울 것이 없다고 생각한다
1, 2번 안 된다고 나와 맞지 않다고 생각한다면
이 세상에 내가 할 수 있는 일은 없을 것이다
최소한 7번 이상 실패를 경험하고
맞는 일인지 아닌지 판단할 수 있다
정말 내가 하고 싶고 이루고 싶은 꿈이 있다면
7전 8기로 덤벼 보자!
그렇게 하면 답이 나온다

오늘 7전 8기로 임할 꿈들을 노트에 적어보자

인내가 있어야 열매가 있다.
견딤이 있어야 쓰임도 있다.

대한민국 최고의 MC, 개그맨
-유재석-

　세상 모든 것들이 인내와 고통을 견딤으로써 비로소 내 것이 생긴다. 상대방의 화려함만 보면서 부러워하지 말고 위대함 뒤에 인내와 고통을 먼저 보아야 한다. 어떻게 그 사람이 그 자리에 올라올 수 있었는지 그 과정을 보고 배워야 한다.

의지력

나는 꿈을 향해 나아갈 의지가 있다
어떠한 경우라도 헤쳐나가고 도전할 의지가 있다

나에게 얘기한다
혼잣말로 계속 나에게 물어본다

계속 의지를 가지고 헤쳐나갈 것을 약속하고 나면
무의식적으로 그 길로 나아가고 행동한다

의지는 나 스스로 만들어가는 것이다

진정한 생활은 현재뿐이다.
따라서 현재의 이 순간을 최선으로
살려는 일에 온 정신력을 기울여
노력해야 한다.

|

러시아의 소설가, 사상가
-레프 톨스토이-

　꿈을 향해 나아가기 위해서 가장 중요한 것은 의지다. 의지가 없
다면 모든 것은 이루어지지 않는다. 현재의 의지로 정신력으로 무
장하여 꿈을 현실로 만들어 보자.

내 인생 이기기

'내 라이벌은 나 자신이다'

하루 24시간 중 깨어있는 시간은
늘 나와의 경쟁을 한다
'10 대 0'으로 항상 지고 있지만
오늘은 내가 이겼다!
하루하루 이기다 보면
언젠가 내 인생을
모두 이길 수 있을 것이다

영원한 챔피언이 되기 위해
오늘도 내 인생이라는 링에서
나와 싸우고 있다

내가 정복한 것은 산이 아니라 나 자신이다.

|

1953년 인류 최초로
에베레스트 산 등정에 성공한 인물
-에드먼드 힐러리-

인생은 그 누구와의 싸움도 아닌 나와의 싸움이다. 우리는 학교
나 직장에서 남들과 비교를 하면서 살아간다. 정작 중요한 어제의
자신과는 비교하지 않는다.

인생 장애물 넘기

살다 보면 뜻하지 않게
장애물이 앞을 막을 때가 있다
그 장애물은 사람일 수도 있고
또는 어떤 상황일 수도 있다
우리는 그 장애물을
어떠한 경우라도 넘어야 한다
넘지 못하면 주저앉거나
돌아서 먼 길을 가야 한다
또 다른 장애물을 만나면
계속 두려워서 포기하고 만다

그러나 한번 넘은 장애물은
다시 만난다 해도 두렵지 않다
자신의 마음속에 있는
장애물을 넘어서 꿈으로 달려가자!

용기란 계속할 수 있는 힘이 아니다.
아무 힘이 없을 때도 계속하는 것이다.

미국 국력 신장에
크게 기여한 제26대 대통령
-시어도어 루스벨트-

인생을 살다 보면 생각지도 못한 장애물을 만나게 된다. 그 장애물을 피하면 다음에 또 장애물을 만났을 때 자신감이 더 없어지게 된다. 장애물을 넘지 못하더라도 내가 도전을 했을 때 다음에 만난 장애물은 좀 더 쉽게 넘을 수 있다. 인생의 장애물은 내 마음속에 있는 것이다.

시도하는 삶

인생은 끊임없이 새로운 것을 시도하는 삶을 살아야 한다. 그냥 있는 그대로 지금 모습 그대로 계속 살아간다면 10년, 20년이 지나도 발전 없고 나태한 인생을 살아갈 것이다. 그렇게 살다가 인생의 낙을 찾게 되는데 나쁜 쪽으로 찾게 되는 것이 인간이다.

그럼 발전된 삶을 살기 위한 시도하는 삶은 어떻게 살아야 할까? 자신의 취미생활을 즐기는 것이다. 등산, 운동, 요리, 공예, 독서, 글쓰기 등 더 다양한 취미생활을 여유 있는 시간에 할 수 있다.

자신이 남들보다 잘하는 것을 더 발전시킬 수 있고 자신의 단점을 장점으로 만들 수도 있다. 더 나아가 제2의 직업이 될 수도 있다. 그렇게 살다가 발전된 자신을 볼 때 자신감이 생기고 인생이 즐거워진다. 반대로 나태한 인생으로 빠지게 되면 중독성 있는 것에 빠지게 된다. 술, 도박, 스마트폰 중독, TV 중독 등 무의미한 시간을 보내는 쪽으로 살아가게 된다.

여러분은 어느 쪽을 택할 것인가? 자신의 인생을 끊임없이 도전하여 발전된 인생과 건전한 문화를 즐기면서 자신을 컨트롤 할 수 있는 인생을 살아갈 때 참된 삶을 살아갈 수 있고 행복한 노년을 맞이할 수 있다. 중독된 인생은 고통스러운 노년을 맞이할 것이다.

시도해 보지 않고는
누구도 자신이 얼마만큼
해낼 수 있는지 알지 못한다.

|

고대 로마의 작가, 풍자시인-
-푸블릴리우스 시루스-

영원한 승자는 없어

이 세상에 영원한 것은 없다. 영원한 승자도 패자도 없다. 지금 잘나가고 있다고 안주하거나 잘난 체하면 언젠가 패자의 역전이 기다리고 있을 것이다.

스포츠에서도 인생에서도 늘 존재하는 것이 승패의 갈림길이다. 오늘 승자가 되었다고 영원한 승자도 아니고 오늘 패자가 되었다고 영원한 패자도 아니다.

승자는 자만심을 버리고 패자는 오늘의 패배를 잊지 말고 더 많은 연습을 통해 한 단계씩 올라서서 승자를 끌어낼 수 있는 능력을 키워야 승리할 수 있다.

또 다른 상황은 시대의 흐름이나 유행의 차이일 수도 있다. 실력의 차이가 아닌 포인트의 오류일 수도 있다. 그것을 포착하기 위해서는 시대의 유행을 잘 파악하여야 한다. 요즘은 인터넷이나 SNS로 쉽게 콘텐츠나 유행을 잘 확인할 수 있다. 즉, 사람들의 관심사를 발 빠르게 알 수 있느냐가 승패의 갈림길이 정해지는 것이다.

우리 인간을 파악하는 것이 이 시대의 승자로 남는 것이다. 인간을 알기 위해서는 인간의 본능과 심리를 알고 그것을 활용해서 흐름을 읽을 때 한발 앞서서 추진할 수 있다.

반대로 과거와 역사를 익히는 것도 미래를 예측할 수 있는 방법이다. 여기서도 독서를 통해 세상을 본다는 것이다. 옛 선조들이 살았던 방식 그대로 우리는 현재에도 살아가고 있다. 단지 주변 환경이 발전되었을 뿐 그 틀은 변하지 않았다. 인간의 본능과 심리는 그대로 전해져 내려오고 있는 것이다.

정리를 하면 나 자신의 노력을 통해 개선하고 시대의 흐름과 유행을 찾아내고 과거의 역사를 되짚어 보면서 인간의 본능과 심리를 잘 알아야 한다. 그래서 우리는 인문고전을 손에서 놓지 않아야 한다. 같은 내용도 또 읽고 또 읽어서 핵심을 스스로 찾아야 한다. 노력하지 않으면 아마 영원한 승자는 없을 것이다.

승자가 즐겨 쓰는 말은 '다시 한번 해보자.'이고
패자가 즐겨 쓰는 말은 '해봐야 별수 없다.'이다.

유대인 율법학자들이 사회의 모든 사상에 대하여
구전 해설한 것을 집대성한 책
-"탈무드" 中-

천재와 바보의 대결

천재는 보통사람에 비하여 뛰어난 정신능력을 선천적으로 가지고 태어난다. 바보는 지능이 부족하여 정상적으로 판단하지 못하는 사람을 낮잡아 이르는 말이다. 이것은 사전적 의미이고 인생적 의미는 다르다.

우리 사회생활에서 천재와 바보는 어떤 의미일까? 천재는 모든 업무능력이나 다방면에서 뛰어난 사람을 천재라고 하고 모든 것을 다 잘한다고 착각할 수 있게 만드는 능력이 있다.

바보는 지능이 부족한 사전적 의미가 아닌 욕심 없고 부지런한 사람 즉, 이해할 수 없는 사람을 바보라고 한다.

그럼, 천재는 자신을 어떻게 생각하고 바보는 자신을 어떻게 생각할까? 천재는 주변 사람들에게 칭찬을 받으며 자신의 잘난 점을 알고 거만한 행동을 하면서 자신이 최고라고 착각 속에서 살고 있다. 그래서 늘 타인을 무시한다. 성격은 좋지 않다.

바보는 늘 욕만 먹고 실수를 자주하고 자신이 부족하다는 것을 알고 끊임없이 노력한다. 겸손하여 타인들에게 많은 것을 베푼다. 그래서 주변에 친구와 좋은 사람들이 많이 몰린다. 하지만 한 번씩 나쁜 사람들에 의해 손해나 사기를 당하는 경우도 있다.

　10년 후, 천재와 바보는 어떤 삶을 살고 있을까? 천재는 10년 후에도 똑똑하고 업무능력은 뛰어나다. 그러나 주변에 사람이 없고 게을러서 경험이 부족하고 10년 전과 같은 상황이다. 그냥 업무처리 능력이나 상황대처 능력만 10년 전과 같이 뛰어나다.
　바보는 10년 후 어떻게 되었을까? 그는 그동안 수많은 실패와 실수를 통해 경험을 쌓게 되고 자신의 부족한 점을 알고 끊임없이 노력하여 그 누구보다 뛰어난 기술과 경험을 가지게 되었다. 그리고 주변에 사람들이 많아서 항상 도와주고 지지하여 어려운 일도 쉽게 헤쳐나가게 되었다. 그 바보는 명예와 지식을 모두 갖춘 인물이 되었다. 바보의 완벽한 승리다.

　우리는 운명에 의해 태어나고 자랐다. 그것은 우리의 잘못도 아니고 어쩔 수 없는 운명이다. 그 운명을 바꿀 수 있는 건 나 자신의 노력과 극복만이 해결할 수 있다.
　천재로 태어났던, 부잣집에 태어났던, 바보로 태어났던, 가난하게 태어났던 그것은 중요하지 않다.

 거꾸로 강을 거슬러 오르는 저 힘찬 연어들처럼! 그 순간은 힘들
지만 참고 이겨내면 운명을 거슬러 올라갈 수 있을 것이다.

운명은 우연이 아닌 선택이다.
기다리는 것이 아니라
성취하는 것이다.

미국의 정치인
-윌리엄 제닝스 브라이언-

행동계획에는 위험과 대가가 따른다.

하지만 이는 나태하게 아무 행동도

취하지 않는 데 따르는 장기간의 위험과

대가에 비하면 훨씬 작다.

미국 35대 대통령

-존 F. 케네디-

미안하다. 나를 찾는데 조금 늦었어

3장.

멋있는 인생을 위한 계획

멋있는 삶

인생을 조금 살아봤으니
이제 나를 위해 멋있게 살아보자
남은 인생이 몇 년이 될지는 모르지만
그건 중요하지 않아
즐기면서 멋있게 사는 거야
하고 싶은 것 하고, 먹고 싶은 것 먹고
가고 싶은 곳 가고, 그렇게 멋있게 사는 거야

지금부터 멋있게 어떻게 살아갈지
노트북에 한번 적어보자

시작은 그렇게 일상생활 속에서
시작하는 거야

아자!

수정을 용납하지 않는
계획은 나쁜 계획이다.

|

로마의 철학자
-퍼블릴리어스 사이러스-

　인생계획을 거창하게 시작하면 쉽게 포기하고 만다. 시작은 일상
생활 속에서 찾아야 한다. 내가 좋아하는 행동이 무엇인지 찾아보
아야 한다. 나를 찾는 행동이 1순위다. 계획을 그 속에서 점점 넓히
면서 목표와 계획을 작성하는 것이다. 그럼 삶에 재미를 느끼면서
변화된 나 자신을 발견할 것이다.

우울하지 않게 사는 법

친구 중 한 명은 말할 때마다
'심심하다'라는 말을 입에 달고 산다
나도 한때는 그렇게 살았으니까 이해는 한다
그런 친구에게 이런 말을 하곤 한다

책을 보라고 '독서 한번 해봐'

물론 책 자체가 재미가 있기는 하지만
그 속에서 또 다른 세상과 나를 발견하라는 말이었다
독서라는 것이 처음에는 힘들고 몇 장 읽는 것 자체가
고문이지만 지속적으로 읽으면 나를 찾게 된다
그것을 이겨내지 않으면 인생이 우울의 연속이다

나는 혼자 있어도 절대 외롭거나 심심하거나
그럴 시간이 없다
늘 혼자 있어도 할 일이 많기 때문이다

그것은 독서의 힘이 있었기 때문이다
게시판에 나의 계획을 세워 실천하는 일은
그 어떤 일보다 행복하기 때문이다

모든 일은 계획으로 시작하고
노력으로 성취되며
오만으로 망친다.

중국 춘추 시대의 책
-"관자" 中-

재미있는 삶을 위하여

인생을 무의미하게 사는 사람들이 많다
쉬는 날은 집에서 소파에 누워 TV만 보고
출근하면 똑같은 업무에 일을 하고
아무 계획 없이 그냥 매일 똑같은 나날을 보내며
한숨만 쉰다…

왜 사는지도 모르겠어…
무기력하고 사는 게 재미가 없네…

우리는 같은 공간 속에서도
새로운 눈을 뜨고 새로운 계획을 세워
나를 변화시키고 흥미롭고 재미있는
삶을 살아야 한다
계속 인생을 생각하고 내 자신을 변화시킬 때
비로소 새로운 삶이 시작되는 것이다
아직 늦지 않았다!
당장 소파에서 일어나 계획을 세우자!

운은 계획에서 비롯된다.

|

전 스포츠기관단체인, 전 야구선수
-브랜치 리키-

계획 없이 운은 없을 것이다. 살아가면서 계획 없는 인생은 무한 반복 재생되는 음악 테이프와 별다른 것이 없다. 로또만 기다리다 평생 늙어 죽을 것이다. 아무 의미 없는 인생은 계획이 없었기 때문이다.

삶의 루틴을 뒤집어라

일상생활을 하다 보면 습관적으로 반복되고
차례대로 행동하는 경우가 있다
그 루틴대로 평생 반복하면서
내 인생의 룰처럼 되어가고 있다

때로는 그 루틴을 뒤집어서
다르게 흘러가도록 해야 한다
내 자신을 돌아보면서 일상생활이나 일에서
빼야 할 것과 넣어야 할 것 또는 반대로
뒤집어야 할 것들을 검토하고 수정해야 한다

그럼, 삶의 지루함과 나태함을
벗어날 수 있다

같은 삶… 다른 인생을
경험하게 될 것이다!

미안하다.
나를 찾는데
조금 늦었어

계획이란 미래에 관한
현재의 결정이다.

|

경영학자, 작가
-피터 드러커-

계획은 우리의 미래를 만든다

인생은 과거, 현재, 미래로 나누어진다. 그리고 과거에 대한 한탄은 현재와 미래를 어둡게 만든다. 지금 내가 서있는 현재를 소중히 여겨서 미래를 살아가야 한다.

지금 바로 시계를 보라! 그리고, 달력도 바라보라! 그다음 펜을 들고 노트를 펴라! 계획표를 만들고 버킷리스트를 적어라!

당장 떠오르는 것이 없다면 내가 좋아하는 것들을 계속해서 적어보아라! 그래도 모르겠다면 일기를 써라!

갑자기 명령을 하고 이것저것 하라고 해서 기분이 나쁘겠지만 인생을 살면서 꼭 필요한 행동들이다. 그래서 좀 강하게 어필을 해보았다. 기억에 남기기 위해….

생각을 기록하고 다시 확인할 때, 그 속에서 나의 내면을 발견하게 될 것이다. 그 내면을 확인하게 되면 나 자신에 대해 깨닫게 되고 그 첫 단어를 마인드맵으로 연결하면 나의 계획의 윤곽이 들어나게 된다. 그것을 버킷리스트로 정하고 조금씩 실천하면 된다.

거창한 것이 아니어도 좋다. 사소한 것도 실천하다 보면 나의 꿈이 점점 커지게 되어 있다. 그렇게 되면 자연스럽게 나의 밝은 미래가 보일 것이다.

성공에 대한 집착보다 자신의 행복을 먼저 생각하고 그 행복이 꿈이 될 수 있도록 해야 한다. 성공에만 집착하게 되면 가망 없는 꿈만 커지고 망상이나 현실과 동떨어진 꿈을 꾸게 되는 것이다.

명심하자! 우선 작고 사소한 계획부터 실천하는 것!

그동안 귀찮아서 하지 않았던 일, 소소한 일부터 시작하자. 이불 개기, 설거지 미루지 않기, 아침밥 먹기, 매일 푸쉬업 3개, 매일 1페이지 독서, 매일 500보 걷기, 한 줄 일기 쓰기, 매일 10분간 청소하기 등….

별것 아닌 일들이 무수히 많지만 우리는 귀찮아서 하지 않거나 안 해도 괜찮지만 미루면 엄청 나에게 손해가 많은 일이다. 집안일을 미루면 어느새 대청소 날이 있어야 되고 휴무 날 청소에 매진해야 한다.

매일 조금씩 운동하면 나도 모르게 건강한 몸이 되지만 귀찮아서 하지 않으면 어느새 조금씩 병이 찾아온다. 그리고 후회하게 된다.

　　책을 읽지 않고 글을 쓰지 않으면 그냥 사는 인생이고 세월이 흘러가면 아무것도 없는 하찮은 인생이 된다. 독서와 일기를 매일 하게 되면 자신의 인생을 돌아보게 되고 꿈이 생기게 되는 것이다.

　　나아가서 계획성 있는 인생과 행복을 찾게 된다. 하다 보면 어느새 습관이 되어서 매일 하지 않으면 뭐가 허전하게 된다.

　　계획을 세우면 혼란이 사라지고 과거의 실패, 초라했던 과거의 인생도 어느새 사라지게 된다.

　　현재의 집중! 자연스러운 밝은 미래!

121번의 작심삼일(作心三日)

작심삼일(作心三日)이라는 말이 있다. 마음먹은 지 3일이 못 간다는 뜻으로 결심이 얼마 가지 않아서 흐지부지된다는 말이다.

무슨 일이든 인내심을 갖고 꾸준히 실천한다는 것은 정말 힘든 일이다. 우리가 새 노트에 글씨를 쓸 때도 처음에는 잘 적지만 점점 글씨가 엉망이 되고 만다.

그렇다면 어떻게 해야 꾸준히 목표를 세우고 실천할 수 있을까? 답은 간단하다.

작심삼일을 1년 동안 계속하는 것이다. 작심삼일을 121번 정도 실천하면 363일이 된다. 1년 정도의 목표실천이 이루어지면 그다음부터는 쉬워진다.

작심을 하지 않아도 습관이라는 것이 몸에 붙어서 실천하지 않으면 오히려 뭔가 불안해진다.

121번 실천하는 것 자체도 쉽지 않다면 목표계획을 뚜렷하게 세워서 매일 점검하면 되는 것이다. 그렇게 하면 나의 행동이 전체적으로 보일 것이다.

새해에 목표를 세우는 것처럼 내일 해가 뜨면 작심삼일을 또 시작해 보자.

새해가 꼭 1월 1일일 필요는 없다. 내 마음이 새해라고 생각하면 새해인 것이다.

해는 늘 똑같이 뜨지만 우리의 마음이 그렇게 인식할 뿐….

나는 오늘도 비가 오나, 눈이 오나, 태풍이 오더라도 눈을 뜨면 이불을 개고 실천계획을 세운다.

미래를 예측하는 최선의 방법은

미래를 창조하는 것이다.

미국의 전산학자

-앨런 케이-

미안하다. 나를 찾는데 조금 늦었어

4장.

창조의 희망

자유로움

강제적으로 자유로움의 손과 발을 묶고
생각과 창조를 짓밟아 버리는…
새의 날개를 부러뜨리는 행위는
자유로움을 열망하는 우리를 저지한다
꼭두각시처럼 조정에 의해 움직이고
생각과 창조가 없다면 죽은 자나 다름없다

우리는 날개를 달고 꼭두각시의 줄을 잘라서
하늘 높이 올라가고 내가 원하는 춤을 추며
이 시대의 주인이 된다…

조금 늦었어 | 나를 찾는데 | 미안하다,

육체의 노예인 자는
결코 자유로운 자가 아니다.

|

이탈리아 고대 로마 제정기의 스토아 철학자
-루키우스 세네카-

　　강제로 육체와 정신을 노예로 만드는 것은 자유로운 자가 될 수 없다. 우리 교육의 현실은 아직 강제적이고 노예적인 부분이 많다. 조금씩 발전하고 있지만 자라나는 꿈나무들의 자유로움은 아직 부족한 듯하다. 미래의 주인공은 지금 자라나는 10대들이다. 좀 더 자유롭고 창조적인 활동을 많이 할 수 있도록 도와주어야 할 것이다.

창조적인 생각

매일 밤 창조적인 생각을 하며
하루를 마감한다
없는 것을 만들어 가치를 창조하는 것은
힘들지만 흥미로운 일이다
창조가 창조를 낳고 끊임없이 노력할 때
사람의 마음을 밝게 비춘다

오늘 밤 창조적인 등불로
어두운 밤을 밝게 비추리…

창조란 우리가 살고 있는
이 우주를 바꾸려고 노력하는 것이다.
우주에 이미 부여된 것에 나쁜 것이
아닌 좋은 것을 더 보태려고 하는 것이다.

영국의 역사가
-아늘드 조셉 토인비-

　많은 사람이 창조라는 것을 매일 고민한다면 세상은 빠르게 변할
것이다. 그것은 나쁘게 변하는 것이 아닌 우리 인간에게 유익하고
편리하게 변화하고 참된 삶으로 가까이 갈 수 있게 만드는 일이다.
하지만 소수의 사람만이 창조라는 것을 하고 있다. 각 분야의 모든
곳에서 창조로 변화시킬 때 세상은 아름다워진다.

상상력의 힘

우리 인생은 늘 상상력의 연속이다. 상상력이 없었다면 우리의 미래도 없었을 것이다. 상상력을 다른 말로 표현하면 창의력이라고 할 수 있다. 즉, 새로운 생각을 해내는 힘이다. 이 세상에 존재하지 않는 것을 실존하게 만드는 능력이다.

우리는 끊임없이 새로운 것을 상상하고 창조하고 그것을 무에서 유로 만들어 완전체로써 유형과 무형의 것을 사용하도록 해야 할 것이다. 개인적으로 볼 때 수 많은 공간 속에서 아이디어와 창의력을 발휘하길 요구한다. 왜 그럴까?

남들보다 뛰어나기 위해서는 기존에 없던 것을 만들어 나아가야 생존할 수 있기 때문이다. 회사에서도 개인으로도 상상력을 키워야 할 것이다. 실제로 경험하지 않은 현상이나 사물에 대해 상상하고 그려보는 힘을 습관적으로 만들어야 할 것이다.

우리 인간은 이 세상 모든 것을 경험할 수 없기에 상상력으로 움직이도록 해야 할 것이다. 우리의 꿈도 상상력을 통해 나의 미래를 볼 수 있고 그 결과를 성공적으로 이끌어야 한다. 운동선수도 경기에서 1등을 하기 위해 자기 체면을 통해 상상력으로 생각을 한다. 그렇게 되면 육체와 정신이 하나가 되어 육체가 승리를 향해 전진

한다. 상상력의 힘은 원대하다.

우리 모두 끝없이 상상하라!
이 세상에서 내가 원하는 것을 상상하여 끝내 이루리라!

내 인생 화이팅!

한 순갈의 상상력은
한 트럭의 지식보다
더 중요하다.

|

독일 태생 미국의 물리학자
-알버트 아인슈타인-

부지런한 창조

우리는 항상 창조… 새로운 것을 생각해야 한다
부지런하지 않으면 창조는 없다

"천재는 1%의 영감과 99%의 땀이다"(에디슨)

에디슨은 1,000종이 넘는 발명품을 발명하였다
만약 에디슨이 노력하지 않았다면
우리는 아직 촛불을 켜고 살고 있을지도 모른다
발명이 되었더라도 늦게 발명이 되었을 것이다
세상이 변하려면 노력하지 않으면 안 된다
개인적으로도 나 자신을 연구하지 않으면
내 마음속 전구는 작은 바람에도 꺼지는
촛불이 아닌가,라는 생각이 든다

나 자신을 발견하고 끊임없이 창조하여
작은 희망이 큰 꿈이 되는 그날을 기대해 보자

미안하다,
나를 찾는데
조금 늦었어

여기(인생, 세상)에 규칙이란 없다.
우리는 무언가 이루려 노력하고 있을 뿐이다.

|

미국의 발명가
-토마스 A. 에디슨-

사람 비교는 박스,
창조는 아웃사이드

비교: 둘 이상의 사물을 견주어 공통점과 차이점 등을 찾는 일

사람을 견주어 공통점과 차이점을 찾는 일을 하는 현실 세계에서 우리는 살아가고 있다. 사람은 비슷한 생김새를 가졌지만 각자의 생각이 다르고 사상도 다르다.

비교하는 중심에 있는 자가 둘 이상을 비교한다. 그 기준은 항상 중심에 서있는 자와 유사한 사람이어야 한다. 그 중심에 서있는 자와 다른 생각과 사상을 가진 자는 항상 아웃사이드에 남게 되는 것이다.

그 아웃사이드에 남은 자는 과연 낙오자인가? 스스로 낙오자라고 생각한다면 낙오자다. 하지만 그 아웃사이드에서 새로운 세상을 만든다면 그것은 창조적인 세상이 되는 것이다.

틀에서 벗어난 세상…. 박스 안에 갇힌 세상이 아닌 아웃사이드의 세상…. 그것은 창조적인 세상이다.
바로 갇힌 세상이 아닌 가치 있는 세상이 된다!

조금 늦었는데 나를 찾는데 미안하다.

사람의 불행과 행복을
좌우하는 것은 비교이다.

|

영국의 종교인이자 역사학자
- 토마스 풀러 -

學而時習之 不亦說乎?

(학이시습지 불역열호?)

배우고 때때로 익히면 또한

기쁘지 아니한가?

-"논어 학이편" 中-

5장.

철학의 깨달음

<u>나는 누구인가?</u>

우리는 남에 대해 이야기하라면
한 시간도 이야기하면서
자기 자신에 대해 말하라고 하면
아무 말도 못 하거나 평범한 말로
간단하게 말하곤 한다
자신의 정신과 육체는 평생을 함께했지만
정작 자신을 잘 알지 못한다

내가 누구인지는 남에게 듣는 것이 아닌
내 자신이 나에 대해 알아가야 한다

오늘부터 여유 있는 시간과 공간에서
나를 찾아보자…

조금 늦었어 나를 찾는데 미안하다.

너 자신을 알라!

|

고대 그리스의 철학자
-소크라테스-

자기 자신이 누구인지는 스스로 말할 수 있어야 한다. 내가 누구
인지도 잘 모른다면 인생을 잘못 살고 있다고 생각한다. 자기소개는
할 수 있어야 한다. 그리고 절대 부끄러워하지 말아야 한다. 내가 좋
아하는 것, 내가 하고 싶은 것, 미래는 어떻게 살 것인지 정도는 알
고 있어야 한다. 나의 몸과 영혼은 평생을 같이 있었기 때문이다.

이슬로 바위를

이슬로 바위를 뚫을 수는 없지만
이슬의 무게만큼 바위에 흠은 낼 수 있다
그만큼 작은 것이 모여 큰 무게가 이루어진다

하루하루 모인 이슬은 어느새
바위의 모양을 바꾼다

하루는 이슬이요
바위는 일생이니

하루하루 열심히 본분을 수행하면
일생이 바뀌게 된다

모든 이슬방울과 빗방울마다
그 안에는 전 우주가 들어있다.

미국의 시인
-헨리 워즈워스 롱펠로-

인생에서 하루는 그냥 이슬방울같이 작다. 하지만 그 방울들이 하루하루 모이면 어느새 큰 힘이 생긴다. 우주 속의 모든 것은 같은 이치다. 지속되면 그 힘은 엄청나다. 작은 것을 무시하면 큰 것을 이루지 못하는 것이 세상의 이치다.

물처럼 살라

물은 항상 위에서 아래로 흐른다
물은 부드럽지만 강력한 불을 끌 수 있다
물은 어디에도 담을 수 있다
물은 흘러흘러 큰 바다로 간다

나는
물처럼 항상 겸손하고
부드럽지만 강한 자를 응징하며
어느 곳에서도 기꺼이 맞추는 미덕을 행한다

그리고 세월 흘러 언젠가 큰 바다처럼
큰 꿈을 이룰 것이다

천하에 물보다 부드럽고 약한 것은 없다.
하지만 단단하고 강한 것을 이기는 데는
물을 이길 만한 것이 없다.

|

중국의 사상가, 도가학파 창시자
-노자-

이 세상에 가장 약한 것도 물이고, 가장 강한 것도 물이다. 이처럼 물은 약해 보이지만 강한 것에는 무엇보다도 강하다. 사람도 물처럼 겉으로는 약하지만 속은 강한 신념으로 살아간다면 이 험한 세상 못 이룰 것이 없을 것이다.

무의식의 세계

　잠을 잘 때만 무의식이 아니다. 일상생활 속에서도 무의식적으로 행동하거나 생각하는 시간이 많다. 하루 중 우리가 한 행동이나 말들을 100% 기억할까? 3분의 1도 기억하지 못할 것이다.

　우리는 습관적으로 행동하고 자신의 신념에 의해 무의식적으로 움직인다. 그럼 가장 중요한 것이 신념이라고 할 수 있다.

　'나는 할 수 있다.' '나는 할 수 없다.' 차이는 신념에 따라 무의식의 세계가 움직이는 것이다.

무의식을 의식화하지 않는다면
무의식이 삶의 방향을 결정하게 된다.
우리는 그런 것을 두고 바로 '운명'이라 부른다.

스위스의 정신과 의사, 심리학자
-칼 구스타브 융-

행복한 죽음을 위한 삶

사람은 누구나 마지막 죽음을 맞이한다
너무 무거운 이야기인가?
자연의 섭리일 뿐이다
탄생이 있으면 죽음도 있다
행복한 죽음을 맞이하기 위해서는
행복한 삶이 있어야 한다

인간의 생명 촛불은
언제 꺼질지 모르지만
그 촛불이 다할 때까지
우리는 삶의 행복을 느껴야 한다

마지막 꺼지는 촛불을 행복의 미소로
이 세상 잘 살았노라고 힘겨운 외침으로

Good Bye 내 인생이여…

사람은 어떻게 죽느냐가 문제가 아니라
어떻게 사느냐가 문제다.

|

영국의 문학자
-S. 존슨-

　우리는 언젠가 늙어서 죽게 된다. 그 죽음을 너무 문제 삼을 필요
는 없다. 어떻게 사느냐가 더 중요하다. 생을 마감하는 그 순간까지
행복과 참된 삶을 사는 것이 우리의 목적이다. 그 행복한 삶을 위해
살다 보면 죽음 앞에서 행복할 수 있다.

조금 늦었어 │ 나를 찾는데 │ 미안하다.

여행의 의미

우리는 여행을 왜 가는 것일까? 대부분 힐링하기 위해 떠난다고 말할 것이다. 그런데 내 몸이 멀리 떠난다고 과연 힐링이 되는 것일까? 잠시 그 순간은 힐링이 될 수는 있다. 하지만 일상으로 돌아오면 다시 힘들고 괴로운 일상이 돌아올 것이다. 그럼 또다시 여행을 통해 힐링을 찾게 된다.

'여행의 의미'를 알지 못한 채 그냥 남들 가니까 따라서 간다는 생각 밖에 해석이 되지 않는다. 남들에게 보여주기 위해 해외여행이나 근사한 곳에 가서 사진을 찍고 SNS에 올려 나는 이런 곳에 가서 여행을 즐긴다는 것을 보여주는 겉모습만 웃고 있는 그런 모습이다. 정작 내면의 행복과 힐링은 존재하지 않는다.

해외여행이나 값비싼 레스토랑에 가서 음식을 먹는 것이 안 좋다는 이야기가 아니다. 그냥 몸만 갔다 오는 잠시 힐링하는 양은냄비 같은 여행이 되면 안 된다는 것이다.

여행의 진정한 의미는 작은 것의 깨달음과 깊이 있는 마음의 힐링이 되어야 한다는 생각이다. 동네 한 바퀴를 돌더라도 마음 깊이 느끼고 작은 것에 행복을 가진다면 지구 반대편까지 갔다 온 무의미한 여행보다 낫다고 할 수 있다. 그럼 어떻게 해야 진정한 의미

있는 여행이 될 수 있을까?

먼저 나 자신을 찾기 위한 여행이 되어야 한다. 내가 인생을 살면서 원하는 것이 무엇인지 남들보다 잘하는 것이 무엇인지 남을 의식하지 않고 자신에게 집중된 나를 찾는 여행이 되어야 한다. 여행중 가고 싶은 곳, 먹고 싶은 것, 갖고 싶은 것 등 유행하는 것이 아닌 마음이 진정으로 원하는 것을 찾는 것이다. 그것을 '여행일기'에 기록하고 여행이 끝났을 때 다시 수첩을 꺼내서 읽어보면 나도 몰랐던 자신을 발견하게 될 것이다. 인생은 자신을 찾으러 떠나는 또 다른 여행이라고 말할 수 있다. 자신을 조금씩 찾게 되면 깊은 곳까지 힐링이 되어 오랫동안 행복이 남아있게 된다.

단체여행이 아닌 나 홀로 여행을 떠나는 방법도 좋을 듯하다. 여러 명이 여행을 떠나면 타인에게 관심이 집중되고 내가 원하는 것을 찾지 못하게 될 가능성이 매우 커지기 때문이다. 여행 장소는 멀지 않은 가까운 곳부터 찾아보는 것도 나쁘지 않다.

처음부터 너무 무리하지 말고 소소한 여행부터 실천해 보자. 벌써 '여행일기'를 쓰면서 행복한 미소를 짓는 모습이 생생하다.

진정한 여행은 새로운 풍경을 보러 가는 것이 아니라,
세상을 바라보는 또 하나의 눈을 얻어오는 것이다.

|

-여몽-

여행은 다른 문화, 다른 사람을 만나고
결국에는 자기 자신을 만나는 것이다.

|

-한비야-

여행은 모든 세대를 통틀어
가장 잘 알려진 예방약이자
치료제이며 동시에 회복제이다.

|

-대니얼 드레이크-

여행은 정신을

다시 젊어지게 하는 샘이다.

|

-안데르센-

미안하다,
나를 찾는데
조금 늦었어

혼자 가는 여행은 철학이 있다

혼자라는 것이 타인이 보면 외로워 보일 수도 있다
하지만 혼자라고 해서 전혀 외롭지는 않다
꼭 사람이 옆에 있어야 되는 법칙은 없으니까…
나에겐 세상이 옆에 있으니까 혼자가 아니다

세상… 지구상에 존재하는 모든 것들이 다 세상이다
나의 인생 자체가 세상이 되기도 한다
그래서 나의 세상을 다른 세상으로 여행을 보낸다

나와 또 다른 세상이 만나는 여행…
나와 같이 인생을 흘러가는 자연…

바다, 폭포, 섬, 강, 언덕, 숲, 산… 그리고 나의 마음
생명력을 가지고 나와 같이 발전하고
세월 따라 흘러가고 있다

우리는 자연을 닮아야 한다

바다는 한결같이 파도와 함께한다. 폭포는 항상 아래로 흐른다. 겸손하다. 섬은 늘 자기 자리를 지킨다. 어떠한 경우라도….

강은 벗어나지 않고 한 물줄기로 간다. 언덕은 높지 않지만 아름답다. 욕심을 버린다. 숲은 많은 나무를 포용한다. 산은 높은 곳에 올라서 온 천하를 바라본다. 우리에게 건강과 행복을 준다.

그리고 나의 마음은 모두를 만나서 철학을 배운다.

나는 앎을 가지고 태어난 사람이 아니다.

옛것을 좋아해 부지런히 탐구해 온 사람이다.

중국의 사상가

-공자-

미안하다. 나를 찾는데 조금 늦었어

6장.

사람의 길

외유내강(外柔內剛)

나는 보았다 호랑이를…
말할 때 소리 지르는 사람은
마음에 작은 고양이를 품고 있고
말할 때 조근조근 말하는 사람은
마음에 호랑이를 품고 있다

말을 잘 못 하는 사람은 항상 소리치며
작은 고양이를 보인다
작은 새처럼 조용하게 말하는 사람은
항상 가슴 속에
시베리아 호랑이가 꿈틀거린다…

오늘도 뜨겁게 호랑이가
가슴 속에서 꿈틀거린다…

모두 고양이가 아닌 호랑이를 품도록 하자

부드러운 자만이 언제나 진실로 강한 자다.

미국의 배우
-제임스 딘-

　강한 자는 절대 겉으로 강한 척 표현하지 않는다. 약한 자만이 겉
으로 강하게 표현한다. 부드러우면서도 강하게 상대방에게 표현해
야 한다. 고무줄은 부드럽지만 강한 힘을 가해도 부러지지 않는다.
나무젓가락은 강하게 보이지만 힘을 가하면 쉽게 부러진다.

비난의 거울

어떤 사람은
상대방의 안타까운 점을
비난 또는 충고를 자주한다
그런데 자세히 들어보면
자기 자신에게 하는 말이다
자신의 안타까운 점이 상대방에게
보이는 것이기 때문이다

다른 사람들을 비난하거나 욕하지 말라
그대가 우주를 향해 내보낸 부정적인 에너지는
그 몇 곱절로 그대에게 되돌아오니라.

미국의 원주민
-인디언 명언-

미안하다. 나를 찾는데 조금 늦었어

남을 비난하거나 좋게 말해서 충고하는 경우가 한 번씩 있다. 그러나 대부분이 자신의 단점이 상대방에게 보여서 비난하거나 욕을 하는 것이다. 나 자신의 잘못된 부분을 어떻게 고쳤는지 상대방에게 사례로 들려주는 쪽이 더 훌륭할 듯하다.

겸손과 자만

겸손한 사람은 항상 사람들에게
존중받고 따르는 사람이 많다

자만한 사람은 항상 욕을 먹고
주변에 사람이 없다

겸손한 사람과 자만한 사람은
겉으로 볼 때 자만한 사람이
위에 있고 이기는 것 같지만

결과는 겸손한 사람이
타인의 도움으로 늘 승리한다

자만은 인간이 자신을
과대평가하는 데에서 생기는 기쁨이다.

|

네덜란드의 철학자
-바뤼흐 스피노자-

　자신을 과대평가하면 잠시 기쁘고 발전은 없다. 그냥 겉으로 화
려하게 포장된 모습이다. 과소평가하는 사람은 겉으로는 초라하고
인정을 받지 못하겠지만 시간이 지날수록 그 능력은 높아지게 된
다. 그리고 자만심이 큰 사람보다 겸손한 사람에게 따르는 사람이
더 많아지게 되어있다.

기생충 인간

인간으로 태어나 인간으로 살지 못하고
도덕적인 것은 버린 지 오래다
거짓된 말과 행동으로 누군가의 공간을
기생충처럼 살아가며 은둔한다
그의 삶은 누구보다 화려하고 있어 보인다
그리고 내가 주인을 먹여 살리고
도와준다고 착각 속에서 살아간다
그는 인간인가… 기생충인가…

기생충 영화를 보고 느낀 점을 간략하게 적어보았다.
우리 현실 속에서도 기생충 같은 인간이 숨어있는 듯하다.
거짓말의 연속으로 누군가의 인생을 갉아먹는…

경쟁심이 악덕일 수는 없다.
문제는 그 방법이다.

|

언론인, 문학평론가
-이어령-

    정당한 경쟁으로 상대방을 이기는 것은 문제가 되지 않는다. 하지만 기생충처럼 누군가의 경험을 이용해서 이기려고 하는 것은 정당하지 않다. 겉으로 화려한 모습만 보인다고 누군가를 이기지는 못하는 것이다. 상대방의 무엇이 아닌 내 안의 힘으로 성공을 이루는 것이다.

그릇의 크기

사람은 누구나 가슴속에
그릇을 품고 살아간다

누구는 간장 종지를 품고 살고
누구는 밥그릇을 품고 살고
누구는 엄청 큰 접시를 품고 산다

그 누구의 그릇도 품을 수 있는
큰 그릇을 가지기 위해

나는 오늘도 책을 품고 있다

작은 주머니에는 큰 것을 넣을 수가 없다.
짧은 두레박줄로써는 깊은 우물의 물을 퍼 올릴 수가 없다.
이처럼 그릇이 작은 사람은 큰일을 할 수가 없는 것이다.

송나라의 사상가
-장자-

    사람은 누구나 그릇을 품고 살아간다. 그 그릇의 크기는 다를 수 있다. 하지만 지금 현재의 그릇의 크기는 중요하지 않다. 미래의 그릇 크기를 걱정하여야 한다. 인생 그릇은 계속 만들면 된다. 크고 단단한 그릇을 만들기 위해 우리는 끊임없이 노력하면 된다. 그리고 가장 중요한 마음의 그릇이 커야 할 것이다.

사람의 가치

사람의 가치는 돈으로 환산할 수 없다
그러나 그 가치의 크기는 사람마다 다르다
어떤 사람은 쌀 한톨도 안되는 크기를 가지고 있고
어떤 사람은 측정할 수 없는 무한한 크기를 가지고 있다

우리는 세상을 가치있게 살아서
같이 가야 한다

자신의 가치는 다른 어떤 누군가가 아닌
바로 자신이 정한다.

|

미국의 여성 사회운동가, 정치가,
미국 제32대 대통령의 부인
-엘리너 루즈벨트-

　인생의 가치는 스스로 정해야 한다. 그리고 사람의 가치의 크기
는 서로 다르고 눈으로 보이는 화려함이나 평범함으로는 알 수 없
다. 눈에 보이지 않는 미래의 가치가 중요하다. 미래의 가치만이 무
한한 크기를 가질 수 있는 것이다.

열정의 무지개

열정은 무지개다
빨주노초파남보…

어떤 이는 정열적인 빨간색이고
어떤 이는 명랑한 주황색이고
또 다른 이는 아이디어가 풍부한
노란색으로 살아간다
초록색의 평화적인 열정도 있고
파란색의 창조적인 열정도 있다
또, 예술적인 보라색의 열정도 있다

그렇듯 우리는 무지개를 향해
다른 색깔로 같은 열정을 살아간다

미안하다,
나를 찾는데
조금 늦었어

열정 없이는
종교, 역사, 소설, 예술은
아무 쓸모가 없다.

|

프랑스의 소설가
-오노레 드 발자크-

　열정에는 많은 종류가 존재한다. 꼭 열정이 땀을 흘리는 육체적
인 것만이 아니다. 정신적인 열정도 있고 예술적인 열정도 존재하
는 것이다. 무지개 같은 다양한 색깔의 열정으로 우리는 꿈이라는
다리를 건너고 있다.

비밀의 문

사람은 누구나 자기만의 비밀을 숨기고 살아간다
그 비밀은 누구에게도 알리지 않는
평생 가슴 속에 묻어둔 상처이기 때문이다

그 상처를 치유하기 위해서는
내 스스로가 그것에 대한 죄책감이 없어야 한다
사람은 누구나 다 똑같은 실수투성이와
부족한 존재이기 때문에…

비밀의 문을 조심스럽게 열어볼까?

다음날
그 누구보다 행복한 자신을 만나게 될 것이다

미안하다, 나를 찾는데 조금 늦었어

만약 당신이 한 번도 두렵거나 굴욕적이거나

상처 입은 적이 없다면, 그렇다면 당신은

아무런 위험도 감수하지 않은 것이다.

|

영화배우

-줄리아 소렐-

　사람은 누구나 숨기고 싶은 과거가 있다. 과거의 굴욕이나 실수
가 없다면 그 사람은 아무런 도전도 꿈도 없는 사람이었을 것이다.
때론 넘어지기도 하고 실수투성이 인생이기 때문에 성공과 행복을
논할 수 있는 것이다.

사람에 대한 판단

우리는 한 사람에 대한 판단을 쉽게 내린다
그 한 사람의 인생을 제대로 알지도 못하면서
삶은 땅콩 까먹듯 이야기한다
반대로 나의 이야기도 누군가가
눈깔사탕 까먹듯 이야기한다면
너무 억울할 것이다

한 사람의 존재는 위대하고 고귀한 것이다

면접관이나 직속 상사 또는 부모 형제가 아니면
그 누구도 쉽게 판단을 내려선 안 된다
그분들도 한 사람의 뿌리까지는 알 수 없다

인간은 무한한 잠재력을 가지고 있기 때문이다

不以辭盡人(불이사진인)
말을 통해 사람을 판단하지 않는다.

|

중국 고대 유가의 경전
-"예기" 中-

사람은 존재하는 것만으로 소중하고 가치가 있는 것이다. 한 사람에 대해 알기 위해서는 한 인생을 모두 보아야 알 수 있다. 섣불리 판단하는 것은 무리다. 남을 판단하기 전에 자신에 대해서는 얼마만큼 알고 있는가? 하물며 영혼과 육체가 함께 존재하는 자신도 알지 못하면서 타인을 평가하는 것은 있을 수 없는 일이다.

진실과 거짓

세상에는 진실과 거짓이 존재한다

진실은 왜곡된 진실도 있고

거짓은 거짓 속에 감춰진 진실이

존재할 수도 있다

그러나 보이는 것만 보는 현실이

안타까울 때가 많다

진실과 거짓 속에 억울할 때도 있지만

침묵하는 쪽을 택한다

주저리주저리 이야기하는 자신이

더 안쓰러울 때가 있다

그냥 나의 본 모습이 진실이 되기에

무심코 넘어가도 된다

그렇게 왜곡된 것을 폭로하는 자들이

불쌍하게 느껴진다

우리는 왜곡되지 않은 진실로 떳떳하게 살아가자!

미안하다, 나를 찾는데 조금 늦었어

진실은 빛과 같이 눈을 어둡게 한다.
반대로 거짓은 아름다운 저녁노을과 같이
모든 것을 아름답게 보이게 한다.

|

프랑스의 소설가, 극작가

-알베르 카뮈-

재충전

휴대폰도 하루 동안 사용하면 충전을 하듯이
사람도 하루 동안 일을 하면 충전이 필요하다

충전되지 않은 휴대폰은
어느새 꺼지고 반응이 없다
그냥 껌껌하다

사람도 쉬지 않으면
어느새 몸과 마음은 서서히 지치고
꺼진 휴대폰처럼 제 기능을 하지 못한다

우리 모두 몸과 마음에
재충전의 시간을 가지자!

근로는 매일 풍부하게 하며
휴식은 피곤한 나날을 더욱 값있게 한다.
뿐만 아니라 근로 뒤의 휴식은
높은 환희 속에 감사를 불러일으킨다.

|

19세기 후반 프랑스의 시인
-샤를 피에르 보들레르-

일이 끝나면 재충전의 시간이 필요하다. 충전되지 않은 몸과 마음으로 재사용하면 효율이 나지 않는다. 휴식은 최고의 근로다. 우리의 삶을 풍부하게 하고 행복을 찾아주기 때문이다.

선과 악의 공존

사람의 마음속엔 항상 선과 악이 공존한다

같은 사람이라도 상황에 따라서
선할 때도 있고 악할 때도 있다
타인에게 비칠 때는 선을 행하고 행하는 척하지만
자신의 이득을 위해서는
어떠한 악이라도 서슴없이 행하게 된다
남에게 들키지 않게 조심스럽게 행한다

그러나, 진정 위대한 인간은 악보다 선을 행하고
악은 죄책감이 들어 손톱만큼만 행한다

악행은 덕행보다 언제나 더 쉽다.

그것은 모든 것에 지름길로 가기 때문이다.

|

-S. 존슨-

악행은 언제나 본능적으로 나온다. 하지만 그것을 참고 극복하는 것이 인간이다. 인간은 선이라는 것이 도리라는 것을 알기 때문에 악행보다 덕행을 택하는 것이다. 어떤 상황과 관계없이 덕행을 택하고 행하여야 한다. 우리는 이득을 위해서는 악을 택하고 그것을 합리화하는 습관이 있다. 악은 100% 나쁘고 선은 100% 옳은 일이다.

강자와 약자에 따라서
달라지는 성향

　사람들은 자신에게 불편한 사람들을 싫어한다. 편한 사람을 좋아하는 것이 일상적인 현상이다. 하지만 겉으로는 다르다. 자신에게 불편하게 대할 것 같은 사람에게 오히려 호의적이고 친절하게 대한다. 그리고 편한 사람에게 막말과 농담으로 생각나는 대로 말을 해서 편한 사람을 불편하게 만든다. 이것이 인간의 심리적 오류이다. 왜 편한 사람을 편하게 해주고 불편한 사람을 불편하게 대하지 못할까?

　자신을 기준으로 서열을 정하고 있는 것이다. 편한 사람은 아래로 그리고 불편한 사람은 위라고 정의를 내리고 있다. 이 정의가 들통나면 어찌할 바를 몰라서 갈팡질팡한다. 그리고 아니라고 소리를 지른다. 더 확실하다는 얘기다. 이것은 자신을 보호하려는 보호 본능이다.

　그리고 나약한 존재가 아니라는 인식을 심어주기 위해 편한 사람을 아래에 두고 막말과 행동을 한다. 또 자신을 보호하기 위해 불편한 사람에게 친절을 베풀고 친한 척 미소를 상냥하게 보인다. 거기서 자존심은 내려놓고 있다가 편한 사람에게 자존심을 상승시키기 위해 노력한다.

자신의 모습을 멀리서 지켜본다면 낯이 뜨거워서 고개를 들 수 없을 것이다.

우리 모두 나 자신을 약자라고 생각하지 말고 진정성 있는 사람이 되었으면 한다.

여기서 편한 사람은 약자가 아니고 불편한 사람은 강자가 아니다. 편한 사람은 강함을 숨기고 불편한 사람은 약함을 숨기는 것이다.

강하고 큰 것은 아래에 머물고
부드럽고 약한 것은 위에 있게 되는 것이 자연의 법칙이다.
천하의 지극히 부드러운 것이 천하의 강한 것을 지배한다.

|

중국의 사상가, 도가학파 창시자

－노자－

고개를 숙일 줄 아는 자가 되자

세상을 살다 보면 고개를 숙여야 할 때가 온다. 그런데 숙여야 하는 순간에 자존심을 내세워 숙이지 않고 오히려 고개를 올리는 자가 항상 있다. 타인보다 내가 중요하고 소중하니까 어떠한 상황이라도 내 자존심만 지키면 된다는 생각을 가지고 살아가는 사람들….

만약 타인들도 나와 같은 생각을 한다면 이 세상 사람들과 어울릴 수 없을 것이다. 만나면 싸움의 연속이고 내 삶은 혼자서 살아가야 하는 외로운 현실이 다가올 것이기 때문이다.

고개를 숙일 줄 모르는 자는 그렇게 생각하지 않을 것이다. 항상 내가 옳고 타인은 틀렸다고 생각할 것이다.

고개를 숙일 줄 아는 자는 적이 없으며 도와주는 사람이 존재하고 내가 없는 자리에서 나를 칭찬하는 자가 주변에 많아질 것이다. 그리고 인생에 행복이 찾아올 것이다. 또 언제나 마음이 편안하여 세상이 아름답게 보일 것이다.

앞으로 어떻게 살아가야 할지 고민해 보아야 한다. 지금부터라도 가족, 친구, 동료, 지인들에게 한번 나 자신을 낮추는 연습을 해보

조금 늦었어 | 나를 찾는데 | 미안하다,

자. 세상이 다르게 보이고 사람들이 나를 다르게 대할 것이다.

윗자리에 있어도 교만하지 않으면
지위가 높아져도 위태롭지 아니하며
도리어 타인의 존경을 받게 된다.

|

주자가 소년들에게 유학의 기본을
가르치기 위해 만든 책
-"소학" 中-

원래 안 그런 사람도 있어

쟤는 원래 그래
원래 그런 거야

이 세상에 원래 그런 사람은 없다

 사람을 선입견을 가지고 보면 안 된다. 우리는 아무것도 모른 체
태어났다. 자라면서 그 환경에 따라 본능적으로 생각하고 느끼고
생존하게 된다. 그리고 학문을 익히고 사회생활을 하면서 새롭게
다시 태어난다. 아닌 사람도 물론 많이 있다. 그냥 처음부터 끝까지
일관된 사람으로 살아가기도 한다. 말 그대로 그냥 생긴 대로 사는
사람이다. 변화를 두려워하고 배움이나 새로운 환경을 싫어하는
사람들…, 그런 사람은 원래 그런 사람이다.

 변화를 두려워하지 않고 새로운 것을 받아들이는데 거부감이 없
는 사람은 '원래 그런 사람이 아니다.' 그래서 사람을 선입견을 가지
고 판단하면 안 된다. 왜냐하면, 세상엔 너무나 다양한 사람들이 존
재하기 때문이다. 그 속까지 다 안다고 섣불리 판단해서는 안 된다.

미안하다,
나를 찾는데
조금 늦었어

그 사람 신발을 신고 10리를 걸어보기 전에는

그 사람을 비판하지 마라.

|

-인디언 속담-

옷은 사이즈가 있지만
사람은 사이즈가 없다

나는 상의 100, 하의 32, 신발은 265를 입고 신는다. 하지만 한 번씩 정사이즈가 맞지 않는 옷이나 신발이 있다. 그것은 정해진 틀에서 벗어나려는 옷의 욕망일까?

그리고 빨면 줄거나 늘어나는 옷들도 있다. 재질에 맞는 세탁법으로 세탁을 하지 않았기 때문이다.

고기만 먹는 사람에게 채소를, 채소만 먹는 사람에게 고기를 먹게 하면 탈이 난다. 하지만 사람은 옷과 다르게 생존 본능으로 체질을 바꿀 수 있는 것이다.

우리는 사람을 볼 때 옷 사이즈와 같이 생각한다. '저 사람은 100이고 32고 265야.'

사람도 사이즈처럼 그렇게 정해져 있나요? 물론 내성적, 외향적 성격, A형, B형 같은 혈액형별 성격, 다혈질, 꼼꼼함, 털털함, 치밀한 스타일 등 분류로 나누어져 있다. 그러나 사람은 변화할 수 있지 않은가? 단지 내가 그런 성향이고 그런 사람으로 분류되고 있을 뿐…, 원래 그런 사람은 없지 않은가?

소심한 사람이 대범해질 수도 있고 다혈질인 사람이 너그러운 사람으로 바뀔 수 있지 않은가? 또 노숙자가 자수성가하여 큰 부자도 될 수 있다. 뚱뚱한 사람도 운동하고 노력하면 피트니스 선수처럼 탄탄하고 건강한 몸을 가질 수 있지 않은가?

사람은 옷 사이즈처럼 정해진 것이 아닌 내가 그 틀에서 벗어나지 못하기 때문이다. 옷도 빨면 사이즈가 변하고 색상이 변하는데 사람도 나에게 해가 되면 변해야 하지 않을까….

10년 전 옷을 정리하다가 쓰는 글….

어리석은 사람은
상대의 단점만 본다

어리석은 사람은 상대방의 단점부터 파악하면서 나보다 못한 사람이 존재한다고 기뻐한다. 하지만 그것은 착각이다. 상대방의 수많은 장점을 보지 않았기 때문이다. 아니, 있는 줄 알면서도 보고 싶지 않은 것일 수도 있다. 왜 그런 생각을 하는 것일까?

심리적으로 서열을 정하고 싶은 경우일 가능성이 높다. 대한민국은 어릴 때부터 순위에 익숙하고 그것에 대해 열등감도 존재하기 때문이다. 상대방의 단점을 누군가에게 알려서 재밋거리를 만든다. 그것이 낙이고 스트레스 해소이자 인생을 잘살고 있다는 착각을 하게 만든다. 그 착각 속에서 헤어나오지 못하면 평생 열등감에 사로잡히고 상대방의 단점만 보면서 살아가는 불쌍한 인생의 연속성이 되는 것이다.

우리는 상대방보다 나 자신의 단점을 먼저 발견하고 깨우쳐서 하루하루 계획적으로 살아가야 한다. 상대방이 어떻게 살아가든 어떤 단점이 존재하든 중요하지 않다. 반대로 생각해 보자. 남들도 똑같이 나의 단점만 본다면 상상조차 하기 싫을 것이다. 왜 나는 상대방의 단점을 볼 수 있고 상대방은 나의 단점을 보면 안 되는 것일까? 깊이 있게 생각해 볼 문제다.

　나의 단점부터 파악하고 그것에 대해서 노트북이나 메모지에 최대한 적어보자. 어떤 도구를 사용해도 좋다. 내가 인지할 수 있으면 된다. 그리고 그것을 해결하기 위해 어떤 행동을 해야 할지 연결고리를 만들어 보자. 그리고 정리할 수 있는 표를 만들어 일자별로 검토하면 재미도 있고 자신감도 생길 것이다.

　독서하기, 일기 쓰기, 운동하기 등… 많은 키워드로 몸과 마음을 단련한다면 나 자신의 단점을 극복하게 된다. 그렇게 되면 열등감이 해소되어 상대방의 단점은 이제 보이지 않게 되는 것이다. 하루 하루 실천하다 보면 행복이 찾아오고 꿈이 생기게 되어 봄에 꽃이 피듯 피어난다. 사고방식이 역으로 전환되어서 상대방의 단점이 아닌 장점이 보이게 된다. 상대방의 장점을 칭찬하게 되면서 인간 관계까지 좋아지게 되는 것이다. 또, 상대방으로부터 나의 장점을 듣게 되어서 인생에 대한 자신감도 생긴다.

다시 한번 물어보겠다.

상대방의 단점만 볼 것인가?
장점을 볼 것인가?

씨앗을 무시하면
농사를 지을 수 없다

사람은 씨앗이다
사람을 무시하면 아무런 수확이 없다
풍년을 바란다면 사람을 소중히 여겨라

사람이 사람을 헤아릴 수 있다는 것은
눈도, 지성도 아닌, 마음뿐이다.

"톰소여의 모험"을 쓴 미국 소설가
-마크 트웨인-

　사람을 소중히 여기지 않으면 그 누구도 자신을 소중하게 여겨주지 않는다. 높은 위치에 있다면 소중하게 여겨주는 척하는 무리만 있을 뿐이다. 사람을 소중하게 여기려면 상대방의 마음을 헤아려야 한다. 상대방의 마음을 헤아리기 위해서는 겸손하고 따뜻한 마음을 가져야 한다. 물처럼 흘러가야 한다.

사람도 예열이 필요하다

자동차는 예열을 해야 모든 부품이 잘 돌아서 원활하게 작동을 한다. 부품의 마모를 줄여서 오래 사용한다.

에어프라이어도 예열을 해야 전체적으로 음식에 열을 잘 전달할 수 있다.

그럼 사람도 예열이 필요할까? 우리는 몸을 건강하게 만들어 오래 살고 행복한 삶을 위해 운동을 한다. 그리고 건강식품도 챙겨 먹고 몸에 좋다는 음식도 챙겨 먹는다. 또 다음날 활기찬 하루를 위해 숙면을 취한다.

사람에게 운동과 음식 그리고 잠은 모두 예열을 하는 것이다. 예열을 제대로 하지 못한 인생은 자동차 부품이 빠르게 마모되듯 몸이 빠르게 망가지고 급하게 요리한 에어프라이어 속 음식처럼 한쪽은 타고 한쪽은 익지 않는다. 잘 예열한 인생은 전체적으로 잘 익은 인생이 된다.

사람도 인생을 잘 달리고 오래가고 골고루 잘 익은 삶을 위해 예열을 하자!

만일 내게 나무를 베기 위해 한 시간만 주어진다면
우선 나는 도끼를 가는데 45분을 쓸 것이다.

미국의 제16대 대통령
-에이브러햄 링컨-

행복은 네가 경험하는 것이 아니라

네가 기억하는 것이다.

피아니스트, 영화배우

-오스카 레반트-

미안하다, 나를 찾는데 조금 늦었어

7장.

행복한 인생을 위하여

행복이란

나는 행복하다
남들은 나를 텅 빈 가슴으로 본다
나는 가슴이 터질 듯이 행복하다
내 심장은 오늘도 뛰면서 말하고 있다
그것은 행복을 모르기 때문이라고

행복이란 내가 가진 것에 대한
고마움을 느끼는 거니까…

새로운 요리의 발견이
새로운 별의 발견보다
인간을 더 행복하게 만든다.

|

18세기 말 프랑스의 사법관이자 문인,
미식가로 "미각의 생리학"(1825)을 저술
-앙텔므 브리야 사바랭-

우리는 행복을 너무 거창하고 화려하게 생각한다. 무엇이 행복이
라고 생각하는가?

머리로 행복을 찾으려고 하지 말고 마음으로 찾아야 한다. 행복
은 생각하는 것이 아니다. 그냥 마음으로 느끼는 것이다. 18세기에
도 행복에 대해 알고 있는데 21세기가 20년이 지나도 그 정의에 대
해 잘 모르고 있다. 우리는 자본주의에서 행복을 찾고 있기 때문이
다. 이제는 행복을 하루의 삶 속에서 찾아보자. 행복은 단순하게 찾
아오는 것이다.

모두 변하지만

꽃은 피고 다시 지고
해는 뜨고 다시 지고
사람의 마음도 피고 지는구나
모든 것이 피고 지고 있다

하지만 걱정 없습니다

다시 새로운 꽃과 해가 피니까요
그리고 내 마음에는 행복과 꿈이
항상 피어 있으니까요…

모든 행복한 순간을 소중히 간직하라
노후에 훌륭한 대비책이 된다.

|

미국 저널리스트이자 소설가
-크리스토퍼 몰리-

　만물이 변화하고 다시 복귀한다. 사람의 마음도 밝지만 어두워지
고 다시 복귀한다. 하지만 끝까지 돌아오지 않는 어둡고 우울한 인
생이 있다. 그것은 만물의 흐름을 거스르는 마음이다. 서서히 늙고
노후가 되면 회복이 더 어려워진다. 행복을 소중하게 간직하면 노
후에도 자연스럽게 행복하게 살 수 있다. 마지막 순간까지 행복과
꿈을 간직하고 살아가자.

샤워기를 틀고

물줄기가 온몸으로 퍼지고
클래식 음악이 내 몸에 흐른다

이것이 물줄기인가 음악줄기인가
음악, 물, 몸이 하나가 되고
하얀 구름이 공간을 채우고

이곳이 천국이구나…

속도를 줄이고 인생을 즐겨라. 너무 빨리
가다 보면 놓치는 것은 주위 경관뿐이 아니다.
어디로 왜 가는지도 모르게 된다.

|

가수이자 코미디언,
얼굴을 검게 칠하고 두리번거리는 연기로
'반조아이즈'라는 별명을 갖고 있다
-에디 캔터-

　인생의 속도를 줄이면 모든 것이 새롭게 보이고 아름답게 보인
다. 반복되는 일상생활이 행복하게 느껴진다. 매일 하는 샤워도 아
늑하게 느껴지고 매일 듣는 음악도 아름답게 느껴진다. 매일 보는
주변 상황이 다르게 느껴진다. 모든 것을 천천히 느끼는 순간 '아!
이곳이 천국이구나.'라고 느끼게 되는 것이다.

193

일몰

해가 지는 시간
나는 하루를 정리한다
오늘 하루 어떤 하루였나
힘들고 지치고 괴로운 하루였나

오늘 힘든 하루라고 해도
내일 즐겁고 행복한 하루가 될 수 있고
오늘 기쁘고 즐겁고 행복한 하루라도
내일은 힘든 하루가 될 수 있다

그래도 나는 오늘 지는 해를 보고 웃고 있다
내일의 희망찬 일출을 기대하며…

미안하다. 나를 찾는데 조금 늦었어

만일 우리에게 겨울이 없다면
봄은 그토록 즐겁지 않을 것이다.
우리가 이따금 역경을 맛보지 않는다면
성공은 그토록 환영받지 못할 것이다.

|

영국의 시인
-앤 브래드스트리트-

인생은 전환의 연속이다. 지금 지는 일몰처럼 힘들고 역경의 연
속이라고 포기한다면 봄은 찾아오지 않을 것이다.

중독은 행복이 아니다

사람은 누구나 어딘가에 중독이 된다
술에 중독이 되고 담배나 게임에 중독이 되고
도박이나 사람에게도 중독이 되고 있다
보통 중독은 나쁜 쪽으로 많이 되는 경우가 많다

우리는 왜 중독이 되는 것일까?

그 순간만은 걱정 없이 가장 내 자신이
행복하다고 착각을 하기 때문이다
우리는 행복을 찾아 안 좋은 쪽으로
의지하는 본능이 있다

내 자신을 사랑한다면
어떤 것에 집중해야 할지 생각해 보자!

모든 형태의 중독은 악이다.
그것이 술이든, 모르핀이든, 이상주의이든.

|

스위스 출생의 정신과 의사, 심리학자
-칼 구스타프 융-

진정한 행복은 중독을 벗어나면서 찾아온다. 진정 내가 원하는
것이 어떤 것인지 알 수 있다. 중독된 행복은 나를 사랑하지 않는
것이다. 그것은 나를 괴롭히고 증오하는 행동이다.

희망찬 아침, 그리고 긍정적인 생각

또다시 해가 뜨고 아침이 밝았다
오늘도 희망찬 아침을 기대해 본다

아침 출근길 발걸음이 가볍고
무언가 좋은 일이 있을 듯하다
출근하면 나를 반기는 직원들이 있고
재미있는 업무가 있고
시간 잘 가게 만들어 주는 고객들이 있고
인내심을 키워주는 고객들이 있다
얼마나 행복한가?
모든 일을 긍정적으로 생각하자
같은 일이라도 즐겁게 일할 수 있다

즐기는 자, 아무도 못 이긴다!

조금 늦었어 | 나를 찾는데 | 미안하다.

지속적인 긍정적 사고는
능력을 배로 높인다.

|

미국의 정치인, 전 군인
-콜린 파월-

　긍정적인 사고는 잠재된 능력을 올려준다. 그리고 가장 중요한 행복지수를 높여준다. 부정적인 사고는 가지고 있는 능력을 떨어 트리고 행복지수는 낮아진다. 여러분은 어떤 사고를 선택할 것인 가? 자신을 정말 사랑하고 존재감을 높이기 위해서는 긍정적인 사고로 세상을 바라보고 살아가는 것이 현명한 선택이다.

욕심과 미움 비우고 행복 채우기

지나친 과욕은 화를 부르고
지나치게 남을 싫어하면
내 마음이 상하게 되더라

내 마음속에 과욕과 미움을 버리니
행복이 채워지더라
나쁜 것을 버리고 나면
좋은 것이 채워진다

삶의 욕심과 미움을 비우고
행복을 채우자!

승자의 주머니 속에선 꿈이 있고
패자의 주머니 속에는 욕심이 있다.

|

유대인 율법학자들이 사회의 모든 사상에 대하여
구전 해설한 것을 집대성한 책
-"탈무드" 中-

　꿈이 있는 사람은 욕심이 없다. 그 꿈을 향해 행복하게 나아간다. 남을 이기려고 하는 사람은 상대방을 미워하고 욕심을 부려서 자신의 능력 이상으로 힘을 발휘하다가 사고가 생기게 된다. 마음에 꿈과 행복만 있다면 언젠가 주머니 속에 승자의 깃발이 들어있을 것이다.

작은 것에 대한 행복

거창한 행복도 기쁨이고
작은 행복도 기쁨이다

길을 가다가 천 원을 발견하나
만원을 발견하나 똑같은 기쁨이고
로또 1등이 되나 5등이 되나
똑같은 행복이다

단지 물질에 대한 차이는 있지만
기쁨에 대한 차이는 같다

반찬 10가지와 50평에 사는 사람이나
반찬 2가지와 15평에 사는 사람이나
마음가짐에 따라서 행복지수가 다를 뿐이다

작은 것에 감사하며 행복하게 살아가자

조금 늦었어
나를 찾는데
미안하다.

사람들은 행복을 찾아 세상을 헤맨다.
행복은 누구의 손에든지 잡힐 만한 곳에 있다.
그러나 마음속에 만족을 얻지 않으면
행복을 얻을 수 없다.

|

고대 로마의 시인
-호라티우스-

어떠한 경우라도 웃음은 잃지 말자

살다 보면 힘든 일, 괴로운 일, 슬픈 일…
수많은 일이 발생한다
늘 즐겁거나 행복한 날만 있지는 않다

그래도 잠시 힘든 표정 지을 수는 있지만
나의 푸른 날을 잃지는 말자

힘든 일, 괴로운 일, 슬픈 일을 이길 수 있는 건
웃음밖에 없다

작은 미소가 이어질 때
나는 늘 웃음 밖에 안 나온다

조금 늦었어 | 나를 찾는데 | 미안하다.

시련의 순간마다 웃음의 능력을 보았다.
웃음은 막막한 절망과 견딜 수 없는 슬픔을
극복할 수 있게 하는 단 하나의 힘이었다.

영국 출신의 미국 희극 배우
-밥 호프-

웃음은 인생 역전의 힘이다. 지금 힘들고 지치고 패배의 나날일
지라도 작은 미소 하나로 큰 웃음을 이어갈 수 있고 그 웃음의 힘으
로 인생을 역전시킬 수 있다.

어리석은 사람은 멀리서 행복을 찾고

현명한 사람은 자신의 발치에서

행복을 키워간다.

색소폰 연주자

-제임스 오펜하임-

미안하다, 나를 찾는데 조금 늦었어

8장.

마음 부자되기

맛있는 언어 뷔페

단품 메뉴

대단해, 훌륭해, 잘했어, 고마워

감사해, 사랑해, 예쁘다, 반갑다

귀엽다, 행복해, 잘생겼어

세트 메뉴

너 때문에 산다, 너밖에 없어

내가 도와줄게

스페셜 메뉴

그 어떤 말로도 표현할 수 없을 정도로

니가 좋아 ♡

맛있는 언어 뷔페를 소개합니다

우리 모두 맛있게 들으시고

많이 많이 소문내 주세요!

조금 늦었어 | 나를 찾는데 | 미안하다.

일반적으로, 짧은 단어가 최상이며
그중에서도 친근한 단어가 최고다.

영국의 정치가, 저술가, 웅변가
-윈스턴 처칠-

마음 부자

나는 부자다
마음이 넓고 깊고 뜨겁다
내 마음은 하나의 호수가 되고
때론 하늘이 된다
그 어떤 상황이 발생하여도
마음이 부자라
언제든 웃을 수 있고 행복할 수 있다

나는 오늘도 마음으로 편지를 쓴다

미안하다. 나를 찾는데 조금 늦었어

마음에 있지 않으면 보아도 보이지 않고
들어도 들리지 않고, 먹어도 그 맛을 모른다.
이리하여 몸을 닦는 것은 마음을 바로잡는데
있다고 이르는 것이다.

|

유교경전
-"대학" 中-

마음이 바로 서지 않으면 아무 소용이 없다. 마음이 부자여야 볼
수 있고 들을 수 있고 행동할 수 있다. 마음을 대나무처럼 바로 세
우지 못하면 세상을 바르게 볼 수 없다. 세상이 어두워 보이고 바른
말도 이상하게 들리고 그 어떤 행동도 부정적으로 생각하게 된다.

시가 노래가 되고

내가 마음으로 적은 시는
노래가 된다
누군가 음과 박자를 넣고
하나의 노래가 될 때
내 꿈은 노래가 된다
인생을 노래하고 세상을 노래하고
음악으로 세상을 밝게 비추리라…

사람은 마음이 즐거우면 종일 걸어도 싫지 않으나
마음에 관심이 없으면 10리를 걸어도 싫증이 난다.
이것과 마찬가지로서 언제나 명랑하고
유쾌한 마음으로 인생을 걸어라.

영국이 낳은 세계 최고 극작가
-윌리엄 셰익스피어-

인생을 즐겁게 살자. 그래야지 세월이 행복하고 사는 재미가 있
다. 인생이 즐겁지 않으면 하루하루가 지겹고 살고 싶지 않아진다.
나는 인생을 음표를 타고 떠나는 항해라고 생각한다. 인생은 하나
의 노래가 되고 시가 된다.

봄비

어느새 겨울이 지나고 봄을 알리는
봄비가 내린다
노란 민들레가 춤을 추고
개구리가 노래를 하고
내 마음에도 꽃이 핀다

봄비 내리는 소리는 봄의 왈츠를
피아노로 연주하는 듯하다
빗소리는 내 마음속에서도 내린다

선한 사람이 되라.
그러면 선한 세상이 될 것이다.

|

인도 브라만교가 민간신앙과
융합하여 발전한 종교
-힌두 속담-

  봄, 여름, 가을, 겨울… 계절이 시작하는 것은 봄이다. 봄은 새롭게 시작하는 출발점이다. 추운 겨울이 지나고 봄비가 내리면서 꽃이 핀다. 인생에도 봄이 찾아온다. 힘든 겨울 같은 나날들이 계속되어도 봄을 기다리며 한 걸음씩 나아가자. 달력을 한 장씩 넘기듯 인내하면 어느새 봄이 찾아오고 노란 민들레가 춤을 추고 있을 것이다.

몸과 마음

몸과 마음은 하나다
몸이 안 좋으면 마음도 안 좋고
마음이 안 좋으면 몸도 안 좋다

몸이 건강하면 마음도 건강하고
마음이 건강하면 몸도 건강하다

우리는 마음을 다스리고
몸도 단련을 해야 한다

우리의 몸은 정원이고 마음은 정원사입니다.
게을러서 불모지가 되든 부지런히 거름을 주어 가꾸든
그것에 대한 권한은 모두 우리의 마음에 달려있습니다.

|

셰익스피어
-"오델로" 中-

마음이 건강하지 않으면 몸에도 병이 생긴다. 몸이 건강하지 않으면 마음도 저절로 우울해진다. 몸과 마음은 뗄 수 없는 하나다. 무엇 하나 소홀할 수 없는 존재다. 바쁜 생활 속에서도 우리는 시간을 내서 몸과 마음을 잘 챙겨야 한다.

마음은 얼굴을 만든다

얼굴과 마음은 하나다
마음이 삐뚤면 얼굴도 삐뚤고
마음이 고우면 얼굴도 윤기가 나고
눈코입이 선해진다
나이가 들수록 더 선명해진다
관상이 마음에서 나오고
인생이 마음에서 정해진다
선천적인 얼굴형으로 태어나
살아가면서 조금씩 변해간다
관상이 좋으면 사람들이 많이 따르고
인맥도 좋아진다

지금부터 웃으면서 살면 복이 온다

얼굴은 마음의 거울이며,
눈은 말없이 마음의 비밀을 고백한다.

|

기독교 성직자
-성 제롬-

사람의 얼굴은 인생의 흔적이다. 선천적인 얼굴에서 서서히 인생의 흔적으로 변해간다. 가장 이상적인 얼굴은 미소 짓는 얼굴이다. 미소의 힘은 위대하다.

생존법칙의 오류

우리는 살기 위해 돈을 벌고

삶을 유지하기 위해 돈을 쓰고

더 좋은 삶을 위해

투자나 더 좋은 직장을 다니려고 한다

경쟁을 하는 이유도

남들보다 더 빨리 더 높이 승진하고

내가 더 우월하다는 것을 보여주기 위해

과시를 하고 명품을 입는다

몸을 관리하기 위해 운동을 하고

몸에 좋은 음식을 즐겨 먹는다

다 좋은데, 그렇게 살기 위해

가장 중요한 자신의 마음은 돌보지 않는다

자신의 마음보다는 돈이나 명예를 택한다

현대는 생존을 유지하는 것 같지만

마음은 항상 병이 든다

지금부터라도 생존을 위한 자신의 마음을 다스리자!

취중진담과 마음

맨정신에 하지 못하는 말…
술 취하면 자연스럽게 마음의 소리가 나온다
취중진담은 약이 될 수도 있고 독이 될 수도 있다

술에 취해서 말실수를 할 수도 있고
술에 취해서 사랑 고백을 할 수도 있고
술에 취해서 친구, 동료 간에 화해하는
좋은 기회가 될 수도 있다

술과 마음은 하나로 이어진다
그래서 우리는 술을 마시며
즐기기도 하고 싸우기도 한다

마음을 잘 전달하려면
술은 적당히가 가장 좋다

한 잔의 술은 재판관보다
더 빨리 분쟁을 해결해 준다.

|

고대 그리스의 비극 시인
-에우리피데스-

    술을 마시는 사람은 친구와 지인이 많고 원수도 많다. 술을 마시지 않는 사람은 친구와 지인은 적지만 원수는 많지 않다. 술은 재판관보다 판단을 빨리 내린다. 그리고 분쟁을 좋은 쪽이든, 나쁜 쪽이든 빨리 해결한다. 술은 마음속의 말을 진실로 표현한다. 하지만 과음은 모든 것을 망치는 지름길이다.

조금 늦었어 | 나를 찾는데 | 미안하다.

자격지심(自激之心) 없애기

사람은 남들과 비교되는 순간
나보다 뛰어나 보이는 사람에게 자격지심이 생긴다
마음에 담아둔 자격지심은 언젠가 표출이 되어
아무런 잘못이 없는 사람에게 시기와 질투로 시비를 걸게 된다

그 순간, 시비를 건 자격지심을 가진 사람은
자신에게 더 비참하게 되어 참패를 당하고 만다

왜 그랬을까?
내가 부족한 게 없는데…
그냥 나와 다를 뿐인데…
내 자신을 이기기 위한 시간도 부족한데…

내일부터는 나부터 이기고 보자!

오직 한 가지 성공이 있을 뿐이다.
바로 자기 자신만의 방식으로
삶을 살아갈 수 있느냐이다.

|

미국 저널리스트이자 소설가
-크리스토퍼 몰리-

절대 남들과 비교된다고 자격지심을 가질 필요가 없다. 나는 나
일 뿐 다른 누구와 비교될 수 있는 대상이 아니다. 이 세상에 비슷
한 사람은 있어도 같은 사람은 존재하지 않는다. 쌍둥이도 같은 듯
다른 생각과 인생을 살아간다. 복제인간이 아닌 이상 그 누구도 같
은 사람이 아니다. 똑같은 어제의 나와 경쟁할 뿐이다.

남을 위한 마음

남을 위한다는 건 정말 어려운 일이다
나를 위한 시간도 부족한데…

남에게 도움을 주었을 때 남들은 더 많은 것을 바라게 된다
그래도 남을 위한다는 마음은 참 아름다운 마음이다
마음 대 마음이 통하는 시간이다

남을 위하는 마음이 점점 퍼져서 세상을 이룰 때
이 시대는 휴머니즘이 열리게 된다

다른 사람에게 좀 더 친절하게 마음을 쓰고,
좀 더 애정을 가져야 한다. 다른 사람을 위해
자신을 잊어라. 그렇게 하면 그 사람들도
당신을 생각해 줄 것이다.

|

러시아 출생의 소설가
-도스토옙스키-

　남을 위하는 마음은 고귀한 마음이다. 조건 없이 도움의 손길을
내미는 사람은 존중받아 마땅하다. 하지만 현실은 그것을 이용하
는 사람이 많이 있다. 자신만 생각하는 마음이 검은 인간이다. 보
통사람이라면 마음을 전달받아서 마음을 다시 되돌려준다. 그것이
바로 휴머니즘의 세상을 만드는 길이다.

머리보다 가슴으로

세상을 살다 보면 머리로 살아야 할 때가
가슴으로 살 때보다 더 많은 것 같다
가슴으로 살려면 많은 손해를 보아야 한다
그래서 가슴보다 머리로 산다
나를 지키기 위해서는 머리를 써야
상대방보다 손해보지 않고
이득을 취하고 남을 속일 수 있다
가슴은 절대 남을 속이지 못한다
가슴은 상대방을 위로해 주고
생각하여 챙겨주어야 한다

그러나 깊게 생각하면
머리는 골치 아픈 자신을 만들지만
가슴은 그래도 행복하다
남들을 즐겁게 하니 자신도 행복해진다
마음이 항상 평화롭다

잔머리로 사는 인생은 한계가 있다. 자신의 머리를 얕은 술수로 매일 살아야 한다. 언젠가 그 한계는 겉으로 드러나게 되고 물 마른 우물이 된다. 반대로 가슴으로 사는 인생은 나로 인해 타인들이 행복하다. 마음으로 사람들을 대하기 때문이다. 마음은 바다와 같다. 바다는 절대로 마르지 않는다. 적이 없으니 항상 마음이 평화롭다. 그리고 위기에 빠진 나를 도와주는 동료들이 곳곳에 존재한다. 잔머리를 굴리는 사람은 적군이 많다. 가슴으로 사는 사람은 아군이 많다. 도움을 요청하는 사람들이 많아서 늘 힘들지만 나와 타인이 모두 행복한 세상을 위해서 가슴으로 사는 인생을 택하였다.

행복해지기를 평생 바라지 말고
지금 행복해라

행복을 거창하게 멀리서 찾지 말고 지금 이곳에서 찾아라. 지금 이곳에도 행복은 늘 존재한다. 내가 편하게 숨 쉴 수 있고 멀쩡하게 걸을 수 있는 것까지도 행복으로 생각해라. 그럼 모든 순간이 특별하고 즐거운 일만 있을 것이다.

그리고 우선 욕심을 버려라. 욕심이 과하면 부정적이고 인생에 불만만 가득할 것이다. 마음이 불편하니 항상 불행의 연속이다. 작은 것을 행복하게 느끼면 삶이 윤택해진다. 그리고 매일 기대가 되고 자신감이 생기게 된다. 그럼 자연스럽게 성공의 길을 걸어가게 될 것이다. 욕심과 의욕만 앞선다면 아무리 노력해도 결과는 좋지 않고 실수만 반복하게 된다. 또 자신감도 잃게 된다. 인생이 내리막 길을 걷게 된다. 어두운 인생이 된다.

내가 행복하면 주변에 좋은 사람들이 많아지고 타인에 의해 더욱 더 행복이 플러스가 된다. 이것이 진정한 인생의 정답이 아닐까. 지금부터 작은 행복을 위한 나의 발걸음을 옮겨보자. 그리고 노트에 행복실천을 적어보자.

지금 이 순간을 위해 행복하세요.
이 순간은 당신의 삶이랍니다.

|

페르시아의 수학자, 천문학자, 시인
-오마르 하이얌-

마음 After Service

　살다 보면 마음이 고장이 날 때가 있다. 그럴 땐 가전제품처럼 마음을 A/S 받아서 다시 사용해야 한다. 고장 난 마음은 쉽게 고쳐지지 않기 때문에 여러 가지 활동을 통해 조금씩 원상태로 돌아오게 해야 한다. 여러 가지 활동으로는 여행이나 책 또는 음악 그리고 마음이 맞는 친구를 만나서 대화를 해도 되고 자신의 취미생활을 즐겨도 된다.

　마음 A/S는 대신해 주는 것보다는 스스로 고쳐나가야 고칠 수 있다. 그냥 내버려 둔 고장 난 마음은 자신을 더 힘들게 만들고 고통스럽게 만든다. 극단적인 경우를 선택할 수도 있다. 그리고 작은 고통으로도 몸까지 힘들게 만들어 인생을 점점 망치게 되는 것이다.

　최고의 방법은 마음이 다치더라도 다음날 눈을 뜨면 바로 새마음이 생길 수 있도록 정신력을 키워야 한다. 바위 섬에 충돌하는 파도의 마음일지라도 다음날 단단한 돌덩이처럼 강인한 새마음으로 다시 태어난다면 언제나 웃을 수 있다.

어떤 삶을 만들어 나갈 것인가는
전적으로 우리 자신에게 달려있다.
필요한 해답은 모두 우리 안에 있으니까.

|

독일 출생, 소설가
-하인츠 쾨르너-

지나치면 화를 입는다

무슨 일이든 적당한 것이 중요하다. 욕심이 과하면 자신을 돌보지 못하여 화를 입게 된다. 건강을 해칠 수도 있고 타인에게 손해를 입힐 수도 있다. '욕심'이라는 것이 브레이크 없는 차와 같아서 멈추지 않고 계속 달려간다. 신호등도 무시하고 사람이 있어도 무시한다. 큰 장애물이 나타나지 않는 한 멈추지 않는다. 자신을 해치기 전까지는 멈출 수 없다는 이야기다.

뒤늦은 후회와 반성은 큰 고통과 상처가 남겨진 후에 알게 된다. 이런 상황이 발생하기 전에 나 자신을 돌아보고 주변 사람들을 이해하고 늘 멀리서 지켜보아야 한다. 일기를 쓰는 것도 방법이다. 하루하루 지나온 길을 노트에 적고 다시 시간이 지난 후에 읽어보고 내 삶을 검토하는 것이다. 그것이 번거롭고 힘들다면 계획을 세워 나 자신의 인생을 조절할 때 적절한 인생을 살아갈 수 있을 것이다.

욕심을 버리면 행복이 찾아온다. 작은 행복은 나를 기쁘게 만들고 그 행복이 눈덩이처럼 점점 커지면서 내 삶은 성공한 삶이 된다. 작은 계단을 한 계단씩 올라갈 때 남들보다 느리지만 낙상은 없을 것이다. 실수가 있어서 낙상이 있더라도 계획하고 준비된 인생의

계단은 그렇게 큰 타격은 없을 것이다. 마지막으로 욕심을 버리면
행복과 성공이 찾아온다는 말을 남기고 싶다.

욕심이 있으면 참된 강함은 없는 것이다.
사람이란 욕심이 있게 되면 반드시 그 욕심에
끌려서 자기의 지조를 잃게 되기 때문이다.

중국 송나라 때 신유학의 생활 및 학문 지침서
-"근사록" 中-

몸 청소, 방 청소, 마음 청소

세상을 살면서 청소할 곳은 많이 있다. 몸도 청소하고, 방도 청소하고, 마음도 청소해야 한다. 매일 아침 세수도 하고, 샤워도 하고, 지저분한 방도 청소하고, 화장실도 청소한다.

그러나 정작 중요한 마음은 지저분해도 그냥 내버려 둔다. 보이지 않고 어릴 때부터 해본 적이 없기 때문이다. 하지만 마음이 인생의 때가 많이 묻었고 씻어도 잘 씻겨 나가지 않는 가장 지저분한 곳이다.

그렇다면 마음 청소는 어떻게 해야 할까?

너무 어렵게 생각할 필요는 없다. 일상생활 속에 다 있기 때문이다. 그리고 가장 중요한 '행복'으로 청소하면 된다.

행복이 마음을 청소하는 세제가 된다. 그 행복의 세제를 찾기 위해 큰 카테고리로 정해보자.

독서, 명상, 음악 감상, 운동, 취미생활, 좋은 사람과의 인간관계, 가족 등을 통해 행복을 찾는다. 이 카테고리 외에도 행복을 찾을 수 있는 것이 있을 수도 있고 일곱 가지의 분류를 세부적으로 들어가서 마인드맵을 활용해 나의 행복을 찾아갈 수도 있다.

응축하고 또 응축하면 나의 행복을 찾을 수 있을 것이다. 이것은 한꺼번에 하는 대청소가 아니다. 매일 조금씩 하는 청소이고 마음을 컨트롤 하면서 체크를 잘해야 한다.

'매일 하는 실천카드'를 만들어서 계획을 세워도 좋다. 한번 청소가 되기 시작하면 어느새 마음은 깨끗해지고 행복이 찾아오게 된다.

외적인 청소도 중요하지만 보이지 않는 마음 청소로 내 몸과 마음을 깨끗하게 지키자!

마음 다이어트

하천이나 공원 또는 산에서 살을 빼기 위해 다이어트를 많이 하고 있다. 실내에서도 헬스클럽이나 실내 스포츠를 즐기면서 건강한 몸과 다이어트를 위해 땀을 흘리면서 근력을 키우기 위해 노력하고 있다.

운동을 하면서 몸과 마음까지도 행복해지길 원한다. 운동을 하는 사람들의 표정은 항상 밝고 긍정적이다. 우울하거나 어두운 표정의 사람들은 많이 보지 못하였다.

운동을 하면 뇌세포가 재생되고 뇌로 가는 혈류량을 증가시켜 뇌세포에 더 많은 영향과 산소를 공급함으로써 뇌 기능이 올라가는 것으로 밝혀지고 있다. 그래서 그런지 운동을 하면 나도 모르게 얼굴에 미소가 번진다.

나도 모르게 말이다.
뇌가 좋아지면 내가 좋아진다.

모든 근심 걱정이 사라지고 긍정적인 생각으로 가득 차게 된다. 물론 일할 땐 다시 스트레스가 쌓인다. 하지만 운동을 함으로써 활력소와 마음 다이어트가 되는 듯하다.

　나도 운동이라면 정말 귀찮고 싫었지만 운동화 끈을 질끈 매고 현관문만 열면 그다음부터는 시간문제다. 하루하루 실천하다 보면 그냥 습관적으로 하게 된다.
　가벼운 걷기와 조깅으로 하루를 마무리하면 행복이 찾아오고 몸이 가벼워진다. 아침에 뒷산에 올라 가벼운 등산을 하면 오늘 하루에 자신감이 생긴다. 어떤 방식으로 운동을 하든지 땀을 흘리고 내 몸을 움직일 때 행복이 찾아오는 듯하다.
　마음속에 쌓인 노폐물과 지방이 빠지는 듯하다. 마음속에 노폐물이나 지방은 없지만 마음이 다이어트가 되는 느낌이 든다.
　상처로 남은 과거와 현재의 허망함 그리고 어두운 미래가 밝게 떠오르는 태양처럼 조금씩 내 마음속에 일출이 일어나는 듯하다.

　한번 운동복을 입고
　운동화를 신고 현관문만 열어보자!

　행복이 기다리고 있을 것이다!

새로운 출발은 자신의 내면을
바라보면서 시작된다.

|

미국의 방송인
-오프라 윈프리-

내가 받은 축복을

하나씩 세어보기 시작하자

나의 삶 전체가 좋아지기 시작했다.

미국 출생, 가수

-윌리 넬슨-

미안하다, 나를 찾는데 조금 늦었어

9장.

인생의 축복

잠이 오지 않는 새벽

창밖엔 어느새 밝은 빛이 찾아오고
청소차는 굉음을 내며 소리친다
청소부가 빗자루질하는 소리
까마귀와 까치가 합창을 한다
점점 해는 더 높이 올라간다

무엇을 열망하려 하느냐
천천히 한 걸음씩 강물 흐르듯
고요히 지나가세
오늘 못다 하면 내일이 찾아오고
내일 못다 하면 또 내일이 찾아오네
우리 인생 쉽게 끝나지 않으니
편안히 쉬어가세…

인생에는 서두르는 것 말고도
더 많은 것이 있다.

|

인도의 정신적 지도자.
인도의 비폭력 독립운동에 헌신한
-마하트마 간디-

　　인생을 너무 서두르는 것보다는 하루를 즐기면서 살아야 한다.
바쁘게 산다고 행복하고 부자가 되는 것은 아니다. 자신의 마음을
잘 다스리면서 때로는 천천히 인생을 걸어가도 된다. 몸과 마음이
지치면 모든 행복은 불행으로 변하게 된다.

인생 사용설명서

우리 인생은 어떻게 살아야 할까?
감히 적어본다
펜이 잠시 움직이지 않는다
너무 어렵게 생각했다
쉽게 생각하자
펜이 움직인다

그냥 웃으며 즐겁게
내가 하고 싶은 것 하면서
행복하게 살면 된다

단! 법에 어긋나면 안 된다

조금 늦었어 | 나를 찾는데 | 미안하다,

행복과 불행은 같은 지붕 밑에 살고 있으며
성공의 옆방에 실패가 살고 있다.

|

한국의 철학자, 교수
-안병욱-

　인생을 너무 어렵게 생각하면 앞으로 나아갈 수가 없다. 인생을
쉽게 생각하자. 그냥 웃으면서 즐기는 인생이 정답이다. 긍정적인
사고가 어려운 상황을 쉽게 해결해 준다. 힘들다고 부정적인 언행
과 마음으로 임한다면 더 어두운 현실과 가까워질 것이다.

어느 노인의 인생이야기

인생? 살아보니 별거 없더라

하지만 젊을 때

너무 용을 쓰면서 살았어

즐기면서 살 수도 있었는데 말이지

이제는 후회가 돼

힘들다고 술, 담배에 의존하고

나 자신을 과시한다고 돈 펑펑 쓰고

늙어서 쓸 돈 없고 아파서 병원 다니고

일도 너무 열심히 했어

지금은 몸이 너무 아파…

모든 노인이 고백하는 큰 비밀 중 하나는
70, 80세가 되도록 우리는 변하지 않는다는 점이다.
당신의 몸은 변한다. 하지만 당신은 변하지 않는다.

|

이란 출생, 소설가
-도리스 레싱-

우리는 항상 결심을 하지만 쉽게 자신을 변화시키지 못한다. 잠
시 변화가 되지만 원래 모습으로 돌아간다. 그렇게 노인이 되어서
도 젊을 때의 습관을 버리지 못한다. 우리 속담에 '세 살 버릇이 여
든까지 간다.'는 말도 있지 않은가. 당신의 몸은 변한다. 하지만 사
고방식은 변하지 않는다. 지금부터 자신의 나쁜 버릇을 잘 검토하
고 고쳐나가자. 지금도 늦지 않았다.

인생의 재발견

우리는 살아가면서 끊임없이
인생에 대해 고민한다
어떤 사람은 그냥 살아가지만
인생의 재발견을 위해
책을 보고 여행을 하고
나 자신의 외모를 바꾸기 위해
운동을 한다

그렇게 자신을 연구하고
다듬을 때 비로소
인생을 재발견하게 된다

우리의 인생은
우리가 노력한 만큼 가치가 있다.

프랑스 출생, 소설가
-프랑수아 모리아크-

자신을 계속 지켜볼 때 변하게 된다. 인생은 노력한 만큼 가치가 있기 때문이다. 그냥 무의미한 인생을 살아간다면 발전도 없고 새로운 인생의 발견도 없다. 가치 없는 인생의 연속이다. 한 번 사는 인생 가치 있는 삶을 위해 자신을 연구하자.

신호등

우리 인생도 빨강, 주황, 초록이 있다
힘들 땐 빨강… 평화로울 땐 주황… 기쁠 땐 초록…

수많은 삶을 살면서
우리는 신호등 같은 인생을 살고 있다
늘 초록 같은 인생을 추구하지만
돌아오는 건 빨강이고 때론 주황으로
살 때가 많은 현실이다

언젠가 우리에게 초록에서
고장 난 신호등을 기대하며…

청춘 리필

청춘을 다 써버렸는데
리필 받을 수 있나요?
아니요, 리필 되지 않습니다
청춘을 고쳐서 중년을 사셔야 합니다

우리는 젊은 날에 살아온 것을
반성하고 참고해서 중년을 살아야 한다

청춘은 다시 리필이 되지 않기 때문이다

우리는 나이가 들면서 변하는 게 아니다.
보다 자기다워지는 것이다.

|

-린 홀-

청춘이라는 것은 한순간이다. 어느새 중년의 삶이 다가온다. 중년이 되었지만 청춘의 삶을 원한다. 하지만 돌아갈 수 없다. 세월에 맡기고 중년의 삶을 살아야 한다. 청춘을 고쳐서 중년을 살아야 한다. 새로운 삶에서 또 다른 행복을 느껴야 한다. 그것이 인생이다. 지금 순간을 즐기고 말년을 준비해야 한다. 청춘처럼 중년도 언젠가는 끝이 난다. 하지만 슬퍼할 필요는 없다. 인생은 내가 슬퍼하기엔 행복할 시간이 많기 때문이다. 그냥 현재를 즐기고 다가올 미래를 준비하면 된다.

미안하다, 나를 찾는데 조금 늦었어

인생의 불시착

인생을 살다 보면
내가 선택한 쪽이 아닌 인생을 살 때가 있다
내가 원하는 착륙이 아닌 인생의 불시착…

늘 불시착의 연속이지만
언젠가 내가 원하는 지점에
착륙하여 웃으며 걸어갈 수 있는 날이
꼭 올 거라고 나는 믿는다…

인내할 수 있는 사람은 그가 바라는 것은
무엇이든지 손에 넣을 수 있다.

미국의 정치인, 과학자, 저술가
이른바 '건국의 아버지'들 중 한 사람
-벤자민 프랭클린-

희망이 있는 사람은 언젠가 자신의 꿈을 이룬다. 늘 인생의 불시착 같지만 참고 인내하면 언젠가 꿈을 손에 넣을 수 있다. 그 꿈을 향해 계속 전진하면 된다. 마지막엔 웃으며 걸어갈 수 있을 것이다.

인생의 룰(Rule)

인생에는 룰이 없다
태어나서 내가 생각하고
선택해서 살아가면 된다

하지만, 주변에서 내 인생에 대해
간섭하고 강요하는 요소가 많다
조언일 수는 있다
그러나, 내 인생을 책임질 수는 없다
내 인생은 내가 정한 룰에
내 스타일로 살아가면 된다
시행착오도 나의 몫이다

인간은 인생의 방향을 결정할
규칙을 가지고 있어야 한다.

|

미국의 영화배우
할리우드의 인기스타로 많은 서부극
전쟁 영화에 출연했다.
-존 웨인-

　인생을 살아가면서 규칙은 있어야 한다. 다만 그 규칙은 내가 정
해야 한다. 타인이 정해주는 규칙은 나의 것이 아니다. 타인의 것을
빌리는 것이다. 내 인생의 규칙은 나만이 선택해야 한다. 내 인생의
게임의 규칙은 나만의 것이기 때문이다.

거북이 인생

토끼와 거북이가 함께 살고 있었다
토끼는 세상을 급하게 살면서
뭐든지 빨리하려고 한다
거북이는 느리고 천천히 인생을 살아간다
토끼는 경험은 많지만 깊이 알지 못한다
거북이는 경험은 많지 않지만
하나하나 꼼꼼하게 관찰하면서 세상을 본다

인생은 단거리가 아닌 장거리 마라톤이다
천천히 가더라도 끝까지 포기하지 않는
거북이로 살아야 한다
토끼처럼 빨리 가려고 하다간
숨이 차서 더 이상 가지 못한다

목소리만 크고 무능한 사람들에게 뒤지는 느낌이

들 때가 올 것이다. 그럴 때는 인내심을 갖고

그런 사람들이 자멸할 때를 기다리기만 하면 된다.

백전백승한다.

|

-리처드 라이블트-

나의 인생길

인생을 걸어 온 지도 40년이 지났다

아무 생각 없이 걸어온 10년
인생의 맛보기를 본 20년
인생의 시련과 고통을 느낀 30년
이제 인생을 좀 알 것 같은 40년

앞으로 가야 할 길은 멀고 험하지만
점점 인생공부가 쉬워진다
몸은 점점 약해지고 기억력은 줄어들겠지만
그것도 나의 노력에 따라 달라질 수 있다

나의 인생길은 내가 마음먹기에 따라
포장된 길이 될 수도 있고 사막이 될 수도 있다

20대에는 의지, 30대에는 기지
40대에는 판단이 지배한다.

|

미국의 정치인, 과학자, 저술가
이른바 '건국의 아버지'들 중 한 사람
-벤자민 프랭클린-

인생은 드라마다

한 사람의 인생도 자신이 중심이 되어
주인공으로 살아간다
그 삶에는 드라마처럼 희로애락이 담겨있고
하나의 작품으로 살아간다
내 주변에 있는 사람들은 모두 조연이고
단역이고 엑스트라들이다
드라마에서 주인공은 화려한 인생을 살아가고
안 좋은 상황이 닥쳐도 끝은 모두 해피앤딩이다
드라마처럼 우리 인생도 마찬가지로
지금은 힘들고 앞이 안 보일지라도
언젠가 해피앤딩으로 마무리될 것이다

자신의 인생을 드라마 속 주인공처럼
가장 화려하고 빛나는 사람으로 인식하여
당당하게 살아보자!

인생의 연기

살면서 자신의 감정보다 남의 눈치를 볼 때가 많다
남이 나를 어떻게 생각할까,라는 눈치가 가장 1순위다
그래서 늘 우리는 연기하는 인생을 살아가고 있다

내가 누군지…
어떤 감정인지…
중요하지 않고
남을 신경 쓰다가 끝이 난다

이루지 못한 것…
하고 싶었던 것…
하지 못하고 후회하면서 끝이 난다

연기하는 인생이 아닌 내가 뭘 원하는지 먼저 생각하고
행동하는 것이 1순위가 되어야 한다

그렇게 하면
후회 없는 삶을 살 수 있다

인생은 전쟁이다

총이나 칼 같은 무기로 싸우는 것만이
전쟁이 아니다
인생의 전쟁은 총알도 화살도 보이지 않는
전쟁 아닌 전쟁이다
성공하기 위해서는 누군가를 이겨야
승리할 수 있다
누군가를 이기기 위해서는 모든 면에서
뛰어나야 이길 수 있고 승리할 수 있다

그러나 잘 생각해 보면
전쟁이란 개인기술이 뛰어나다고
이기는 것이 아니다
내 편이 많고 오래 버티는 자가 승리를 한다
인생에서 적이 적고 묵묵히 오래 버티면
그 자리에 승자가 된다

승리의 깃발은 내가 꽂는다!

난 괜찮아

어떠한 경우가 생겨도 난 괜찮아

고통이 찾아와도, 어려움이 생겨도…
시련이 찾아와도 난 괜찮아…
끝은 항상 괜찮은 인생이니까

조금만 견디고 이겨내면
괜찮은 인생이 찾아오고
행복이 찾아오니까…

지금 아무리 힘들어도 웃으며 살자!

NO를 거꾸로 쓰면 전진을 의미하는 ON이 된다.
모든 문제에는 반드시 문제를 푸는 열쇠가 있다.
끊임없이 생각하고 찾아내라.

|

미국 출생의 목사, 작가
-노먼 빈센트 필-

긍정적인 생각은 언제나 현재 상황을 뒤집게 만든다. 모든 어려움을 극복하고 반대로 생각하면 밝은 내일이 찾아온다. 긍정적인 부분을 끊임없이 생각하고 찾아내면 반드시 그 문제를 풀 수 있는 열쇠가 있을 것이다.

인생의 정답

유일하게 정답이 없는 분야가 인생이다
'맞고 틀리다'가 아닌 '다르다'가 맞다

어떤 답을 적어도
내가 정한 답은 언제나 정답이다

문제는 인생을 어떻게 사느냐?
이지만 답은 무궁무진하다
남의 인생이 맞다 틀리다고
논할 수 없는 일이다
정답이 하나가 아닌 두 가지 이상 일 수도 있다

오늘부터 인생의 답을 찾아보자!

1에서 100까지

1에서 바라본 100은
너무 멀고 힘든 여정이다
하지만 하루하루 최선을 다하다 보면
어느새 100이 된다
100이 10번 모여 1,000이 된다

이렇듯, 우리 인생도 꿈이라는 것이
멀고 험해도 어느새 우리에게 다가온다

하루하루 웃으며 살다 보면
지금보다 더 나은 삶이
우리를 기다리고 있을 것이다

100번째 글을 적으며…

위대한 이 결과의 모든 시작은

그저 한 마리의 생쥐였을 뿐이다.

꿈꿀 수 있는 자,

그 꿈을 이룰 수도 있다.

|

미국의 만화영화 제작자, 기업인

-월트 디즈니-

인생의 전환점

살다 보면 내 삶에 멈춤이 있을 때가 온다
그 멈춤은 주변을 돌아보게 되고 과거를 회상하며
앞으로 가야 할 길을 나에게 물어본다
그리고… 지금까지 가려고 한 방향에서
다른 방향으로 걸어가게 된다
인생의 정답이 바뀌게 되는 것이다
그 인생의 전환점이 찾아올 때
나의 인생은 또 다른 날개를 달고
새로운 도전을 하게 된다

지금까지 몰랐던 나를 발견하게 되고
새로운 꿈을 꾸게 된다…

득과 실

세상에는 늘 득과 실이 존재한다
빛과 그림자 중 누군가는 빛을 보고
누군가는 어두운 그림자를 봐야 한다
스포츠에서도 사회생활에서도
이 세상 모든 곳에 둘 이상이 존재할 때
득과 실이 있다

인생에서의 득과 실은 조금 다르다
바로 앞의 득보다는
실을 선택할 때도 있다

리더로서의 실, 친구로서의 실, 가족으로서의 실
마음을 넓게 가지는 실, 전략적인 실
여유로운 삶을 위한 실

득보다 실이 더 아름답고 위대할 때가 있다
보이는 것은 실이지만
보이지 않는 득이 나를 기다리고 있다

인생 스케치북

모두 태어나면서
하얀 스케치북을 하나씩 가지고 태어난다
부모님이 자신의 스케치북을 보여주면서
이렇게 그리면 된다고 그릴 도구를 준비해 준다
도구는 금, 은, 동, 나무…
없으면 손가락으로…
다양한 도구들이 존재한다

금, 은으로 그린 그림은 화려하고
못 그려도 그 그림은 값이 많이 나간다
나무로 된 도구나 손가락으로 그린 그림은
볼품이 없어 보인다
나무는 부러지거나 낡아서 버릴 수도 있다

그러나, 열심히 끊임없이 노력하는 그림은
어떤 도구와 상관없이 명작이 된다…

전력 질주하는 말은 다른 경주마를
곁눈질하지 않는다. 다만 자신의 힘을 최대한
발휘하는 일에만 온 신경을 집중시킨다.

미국 출생, 영화배우
-헨리 폰다-

미안하다,
나를 찾는데
조금 늦었어

인생 퍼즐 맞추기

지금까지 살아온 인생은 한 조각 퍼즐이다
과거의 생각, 행동, 꿈들을 하나씩 하나씩
끼워 맞추다 보면 나의 미래가 나온다

그 큰 그림이 내가 걸어갈 길이고 꿈인 것이다

오늘부터 과거를 돌이켜 보면서
내가 생각했던 것, 내가 좋아했던 것, 꿈꿔왔던 것
하나씩 맞춰보자

나이는 중요하지 않다!

과거에서 배우되 현재를 살며, 미래에 희망을 가져라.
중요한 것은 질문을 멈추지 않는 것이다.

|

독일 출생, 물리학자
-알버트 아인슈타인-

　인생을 되돌아보면서 퍼즐 맞추기를 해야 한다. 과거의 퍼즐, 현재의 퍼즐을 다시 맞추면서 미래의 퍼즐을 만들어야 한다. 미래의 퍼즐 조각은 모두 과거와 현재다. 나이는 중요하지 않다. 그냥 지금 현재 퍼즐 조각을 용감하게 잡고 인생의 판을 짜보자.

인생의 스위치를 켜라

사람은 두 분류로 나누어져 있다

ON으로 살아가는 사람
OFF로 살아가는 사람

ON으로 살아가는 사람은
항상 빛이 나고 에너지가 넘친다
OFF로 살아가는 사람은
항상 얼굴이 어둡고 무기력해 보인다
두 분류는 정반대의 인생을 살아간다
하지만 위아래 스위치의 차이다
OFF로 살아가는 사람은 생각의 전환을 하여
긍정적이고 밝은 마음으로 살아간다면
OFF에서 ON으로 스위치를 바꾸듯 달라질 수 있다

힘차게 스위치를 올려서 ON!

세상에는 두 종류의 사람들이 있다.

자신이 할 수 있다고 생각하는 사람과

할 수 없다고 생각하는 사람이다.

물론 두 사람 다 옳다.

그가 생각하는 대로 되기 때문이다.

|

미국의 자동차 회사 '포드'의 창설자

-헨리 포드-

고민 없는 삶은 없다

겉으로 볼 때 저 사람은
삶에 고민이 없을 것 같다고 생각하지만
그 인생을 깊숙이 관찰하면
삶에 고민이 많다
늘 웃고 있지만 마음은 울고 있을지도 모른다

세상을 평탄하게 사는 사람이 과연 몇 명이나 될까?
거의 없을 것이다

모든 고민을 고민으로 보지 않는 것이 정답인 듯하다

인생의 고민은
그냥 지나가는 비와 같다,라고 생각하고
지혜롭게 헤쳐나가자!
지나간 문제 지금 생각하면
아무것도 아니지 않나?

우리가 직면한 심각한 문제들은
그것이 발생한 당시의 사고 수준을
가지고는 해결할 수 없다.

|

독일 출생, 물리학자
-알버트 아인슈타인-

지금까지 잘 극복했잖아

자신이 지금 너무 힘든가?
그럼, 지금까지 살아온 힘든 날을 기억해 보자
지금보다 더 힘들고 어려운 일들이 더 많지 않았던가…

지금까지 잘 극복해 온 나 자신에게
먼저 고생했다고 위로해 주자
그리고 앞으로도 잘 극복할 수 있다고 희망을 주자

그 누구도 내 마음을 잘 알지 못한다
오직 나 자신만이 나를 잘 알고 있다

그동안 잘 견뎌온 위대한 인생을
자랑스럽게 생각하자!

스스로 존경하면
다른 사람도 당신을 존경할 것이다.

|

중국 사상가
-공자-

    인생이라는 산을 오르다 보면 힘들어서 포기하고 싶을 때가 온
다. 그리고 자신을 나약한 존재라고 생각하고 절망에 빠질 때가 있
다. 깊이 생각하여 생각의 전환을 하자. 그리고 지금까지 극복한 인
생을 되돌아보고 자신을 존경스럽게 생각하자. 좀 쉬면서 열정을
다시 일으키고 다시 전진하면 된다. 그것이 가장 나다운 것이다.

인생 쳇바퀴를 부셔라!

다람쥐 쳇바퀴 돌 듯이 우리 인생은 늘 반복되는 일상이다
아침에 일어나 출근하고 일하고 퇴근하고 밥 먹고 TV보고
쉬다가 또 자고 다음날⋯ 그다음날도 똑같은 생활⋯
한 번씩 누가 연락 오면 나가서 술 한잔이나 커피 한잔⋯
특별한 인생이 없는 반복되는 하루⋯

우리는 인생의 쳇바퀴를 부숴서 빠져나와야 한다
그리고, 새로운 활동을 해야 한다
새로운 곳을 가고, 새로운 생각을 하고, 새로운 꿈을 꾸고
새로운 사람들을 만나고 그렇게 쳇바퀴를 벗어나
새로운 것을 보고 느끼면서 희망을 갖고 꿈을 키우고
창조적인 활동을 계속 이어가야 한다

인생 쳇바퀴는 우리가 생각하는 만큼
그렇게 튼튼하지 않다

그냥 많은 생각하지 말고 부셔라!

잊지 마라.

벽을 눕히면 다리가 된다.

|

아프리카계 미국인 학자, 교육가,

작가, 정치운동가, 영화배우

-안젤라 데이비스-

미안하다.

우리는 경쟁을 뚫고
어렵게 태어났다

내가 태어날 확률이 몇 퍼센트일까?
우리는 태어나면서 선택받은 사람이다
수많은 정자 경쟁을 통해 한 인간으로
완성되어 태어났다

이 시대에 살고 있는 것 자체가 영광이고
특별한 존재다
그러니 지금 내 자신을 부정적으로 생각하지 말고
정말 대단한 존재로 받아들이자

앞으로도 당당하게 살아가자!

럭비공 같은 인생

인생은 럭비공처럼 어디로 튈지 모른다
항상 새롭고 위태롭지만
하루를 마무리하면 마음이 편안해진다
또 다음날이 되면 긴장된 하루와 바쁜 나날의 연속이다
뒷일은 알 수가 없다

그렇게 하루하루 지나고 나면
어느새 럭비공이 손에 잡힌다
그리고 행복이 찾아온다

우리 인생…
알 수는 없지만 살다 보면
어느새 익숙해지는 날이 온다
세월 가면 인생이 어디로 튈지 눈에 보인다

인생은 사람들 앞에서 바이올린을 켜면서
바이올린을 배우는 것과 같다.

|

영국의 소설가, 비평가
-사무엘 버틀러-

    인생은 위태로움의 연속이지만 그 속에서 행복을 찾고 익숙해지
는 과정이다. 그 과정을 반복하다 보면 어디로 튈지 모르는 럭비공
의 특성이 보일 것이다.

인생 뒤돌아보기

10년 전에 본 영화를 다시 보면
그때와 다르게 느껴진다
어릴 때 쓴 일기장을 어른이 되어 다시 보면
그때와 다르게 느껴진다

살아온 인생…
다시 뒤돌아보면 그때의 인생과 다르게 느껴지면서
미래가 보인다
바쁘게 앞만 보면서 살다가
문득 뒤돌아보고
다시 앞을 보면 미래가 보이고

어두웠던 앞이 밝은 빛이 되어 새롭게 보인다

미안하다,
나를 찾는데
조금 늦었어

미래를 알고 싶으면
먼저 지나간 일들을 살펴라.

|

조선 시대 어린이 한문 교양서
-"명심보감" 中-

　과거는 미래를 위한 스승이다. 나의 과거를 반성하는 자만이 미래의 문을 열 수 있다. 과거의 나를 보기 위해서는 현재의 메모가 중요하다. 현재 나의 메모는 과거가 될 것이고 그것을 미래에 다시 확인한다면 과거의 나를 돌아보는 것이다. 과거의 나를 돌아볼 때 부끄럽고 고쳐야 할 사항이 있다는 것은 내가 성장하고 있다는 증거다.

지금 이 순간을 사랑하고 감사하라

그 어느 순간보다 지금 이 순간을
가장 사랑하고 감사하라
지난 순간보다 지금을 더 소중하게 생각하고
다가올 순간보다 지금 이 순간을 즐기고 기뻐하라
지금은 다시 오지 않는다
돈으로도 지금 이 순간은 살 수 없다
소중하게 사용하라

현재만이 유일한 진실이며
또 현실이다.

|

독일의 철학자
-아르투르 쇼펜하우어-

  현재가 답이다. 지금 바로 행동하는 것이 미래를 만든다. 과거를
한탄하거나 미래를 두려워하지 않고 현재를 열심히 달려가는 자만
이 살아남을 수 있다.

인생에는 브레이크가 없다

인생은 잠시 멈출 수가 없다

밥을 먹을 때도
일을 할 때도
잠을 잘 때도
쉬지 않고 계속 전진한다

천천히 가지도 않고
빨리 가지도 않으며
늘 같은 속도로 계속 달려간다
잠시 쉬어도 되는데…

자동차처럼 브레이크가 있지 않아서
잠시 멈출 수가 없다

인생에는 왜 브레이크가 없을까?

여가 시간을 가지려면 시간을 잘 써라.

|

미국의 정치인, 과학자, 저술가
이른바 '건국의 아버지'들 중 한 사람
=벤자민 프랭클린=

　시간은 우리를 기다려 주지 않는다. 그리고 누구에게도 똑같이
주어진다. 여유 있는 시간을 가지려면 시간 관리를 잘해야 조금 주
어지는 것이다.

인생 한도초과

인생에도 한도가 있나요?
네, 있습니다

사람마다 인생 한도가 다릅니다
그래서 인생이 한도초과가 되지 않도록
잘 써야 합니다
몸과 마음을 망치거나 아무렇게 다루면
자기 자신에게 신용불량자가 되어
자신감이 없어집니다
인생은 대출도 되지 않아서
인생 낙오자가 되고 맙니다
인생 한도를 늘리기 위해서는
늘 몸과 마음을 아끼고 사랑해서
행복카드로 인생 부자가 되어야 합니다

나만이 내 인생을 바꿀 수 있다.
아무도 날 대신해 해줄 수 없다.

|

미국의 영화배우
-캐롤 버닛-

    인생 한도는 사람마다 다르다. 운명적으로 결정될 수는 있다. 하지만 스스로 만들어갈 확률이 더 높다. 인생을 바꿀 수 있는 사람은 자신밖에 없다. 어떤 운명이라도 스스로 극복하고 헤쳐나간다면 인생 한도는 늘어날 것이다.

불확실한 세상

내일 무슨 일이 일어날지는 아무도 모른다
세상은 그렇게 불확실한 상황의 연속이다
확실한 인생이면 세상이 더 재미없는 일일 것이다
내일 무슨 일이 일어날지, 1년 뒤에 내가 어떻게 될지
알 수 있다면 열정을 갖고 노력하는 사람도 없을 것이다

우리는 앞으로의 상황을 모르기 때문에
더 열심히 하고 자기 자신을 발전시킬 수 있는 것이다

내일을 몰라서 불안하지만
희망을 가지는 인생을 위하여!

미안하다.
나를 찾는데
조금 늦었어

꿈은 이루어진다. 이루어질 가능성이 없었다면
애초에 자연이 우리를 꿈꾸게 하지도 않았을 것이다.

미국의 소설가
-존 업다이크-

　내일 일어날 일을 몰라서 불안한가. 희망이 있다면 절대 불안하지 않을 것이다. 희망이 없는 사람은 눈을 가리고 길을 걷는 것이고 희망이 있는 사람은 밝은 빛을 보고 걷는 사람이다. 밝은 빛을 보고 걷는 사람은 멀리 있는 길도 한눈에 볼 수 있다. 미래를 위해 현재를 준비하고 대비한다면 어떤 상황이 닥쳐도 헤쳐나갈 수 있을 것이다.

반쪽짜리 인생

인생이 반쪽이다

정직한 인생이 아닌
늘 거짓과 거짓의 연결고리가 되어
인생을 거짓으로 물들인 사람이 있다
아무도 신뢰하지 않는 그런 반쪽짜리 인생을
고통스럽게 살아가고 있다
보라! 남을 속여 산다는 건 이득이 아닌
실패와 낙오된 인생의 결말이라는 것을…

지금도 늦지 않았다!
가슴을 열고 완전체로 살아간다면
행복과 인맥이 넘쳐나리라

거짓말은 그 자체가 죄일 뿐만 아니라,
정신까지도 더럽힌다.

|

고대 그리스 철학자
-플라톤-

    세상을 거짓으로 살아가는 것은 반쪽짜리 인생이다. 무엇을 위해 거짓으로 살아가는가. 무엇이 두려워서 거짓으로 살아가는가. 인생을 바르고 정직하게 살아가면 신뢰를 얻고 완전체로 살아갈 수 있다. 그리고 주변에 인맥이 많아지고 정신이 맑아질 것이다.

내 인생 '구속'

내 인생을 구속하는 행위는 있어서는 안 될 것이다. 나는 할 수 없다는 소심함으로 자신의 마음속에 스스로 가두고 어떤 무리와도 어울리지 않는 행동은 창살 없는 어두운 감옥에 구속하는 행위와도 같다. 마음속에 잠근 자물쇠의 열쇠는 스스로 열어 밝은 세상으로 나와야 한다.

산에 올라서 소리를 지르고 땀이 나도록 운동을 하고 옛친구를 만나서 웃으며 대화도 나누고 사람들과 어울려 세상을 같이 살아갈 때 존재감을 느끼고 자신을 사랑하게 되는 것이다. 또 봉사활동을 하면서 자신의 가치를 높여서 나를 대견한 존재로 여길 수 있도록 해야 할 것이다.

그렇게 하루하루 지날수록 자신도 모르게 희망과 자신감으로 변화된 본인의 모습을 만날 수 있다. 지금부터 흘러간 과거를 잊고 현재와 미래만 생각하면서 새로운 세상을 맞이할 수 있도록 하자.

아침 일찍 일어나 커튼을 젖히고 아침 햇살과 새들의 소리를 들으며 희망찬 하루를 시작하자. 그리고 '내 인생 파이팅.'이라고 한 번 외쳐보자!

인생은 부메랑이다

인생은 내가 한 행동 그대로 나에게 다시 돌아온다. 땀을 흘린 부메랑은 좋은 성과가 되어 돌아오고 남에게 인덕과 배려심으로 날린 부메랑은 좋은 인맥과 행복이 되어 돌아오고 시기와 질투로 남을 해치는 부메랑은 날카로운 인생의 부메랑을 맛보게 될 것이다.

인간은 태어나면서 똑같은 부메랑을 가지고 태어난다. 그 부메랑을 어떻게 사용하는지에 따라 나에게 복이 되어 돌아오기도 하고 독이 되어 돌아오기도 한다.

부를 가지고 태어난 금 부메랑을 가졌다고 해도 잘못 사용하면 낡고 부서진 부메랑이 나를 공격하는 부메랑이 될 수도 있고 낡고 하찮은 부메랑 일지라도 열심히 살면서 땀을 흘리고 배움을 게을리하지 않으면 금 부메랑이 되어 나를 반길 것이다.

살면서 잘못 던진 부메랑이었다면 지금 다시 일어나 기회의 부메랑을 하늘 높이 던져 희망의 씨앗을 만들고 인생 꿈이 현실이 되어 다시 돌아오길 기대해 보자.

다시 새롭게 나를 향해 날아올 부메랑을 위해 계속 노력을 아끼지 말자.

인생에서 원하는 것을 얻기 위한
첫 번째 단계는 내가 무엇을
원하는지 결정하는 것이다.

|

미국의 배우이자 작가
-벤 스타인-

미안하다.
나를 찾는데
조금 늦었어

자! 인생아 덤벼라!

인생아! 너는 왜 나를 계속 괴롭히니?
내가 힘들다고 말을 몇 번이나 해야 하니?
너는 답도 없고, 대답도 없고,
길도 안 가르쳐 주고, 어둡기만 하냐?
네가 세상에서 가장 무섭고 두렵다…

우리 인생을 한번 쉽게 생각해 봐요. 인생은 시간이고 세월이에요. 그 시간과 세월을 한번 웃으면서 즐겁게 사이좋게 지내봐요.

길을 모르면 잠시 멈추고 하늘을 봐요. 푸른 하늘과 흰 구름… 그리고 자유롭게 날아가는 새들, 눈부신 태양이 밝게 비추고 있어요. 그게 바로 인생이에요. 인생은 늘 우리에게 답을 알려주고 있어요.

그다음에 옆을 보아요. 아름다운 꽃들과 시냇물과 물고기가 춤을 추고 아이들이 즐겁게 놀고 있어요. 그리고 앞을 보세요. 여러 개의 길이 있어요.

차가 다니는 큰 도로, 작은 도로….

사람이 다니는 인도, 좁은 골목길….

비가 오면 빗길, 눈이 오면 눈길….

자갈이 많은 자갈길, 모래가 많은 모랫길….

나무가 많은 숲길, 산을 오르면 산길….

그 밖에도 수많은 길이 있어요.

그게 바로 인생길이라고 생각해 보아요.

또, 길을 걷다 보면 서점이나 도서관이 나와요. 그 공간 속에 인생의 정답이 숨어있어요. 우리는 그 속에서 인생의 답을 또 찾아야 해요. 처음에는 안 보이지만 세월 따라가다 보면 인생의 정답이 조금씩 보일 거예요.

그리고 우리 새벽에 한번 일어나 버스나 지하철, 공원, 시장에 나가 보아요. 거기서 사람들을 한번 보세요.

버스나 지하철엔 내 가족을 위해, 나를 위해 열심히 생업에 나가서 열정을 다하는 사람들….

공원에 나가보면 나 자신의 건강을 위해 열심히 땀 흘리며 운동하는 사람들….

새벽시장에 나가보면 부지런히 이른 새벽부터 일어나 장사를 하는 사람들….

좀 더 신선하고 저렴한 상품을 구입하기 위해 첫 손님으로 오는 사람들….

모두 열정이 넘치고 의지가 대단합니다.

그렇게 수많은 공간 속에 우리 인생의 해답이 숨어있습니다. 자! 이제 이 모든 것들을 내가 본대로 느낀 대로 노트에 정리를 해봅시다. 정리하면서 현재의 나와 미래의 나를 생각해 보세요. 모든 것에 불만을 가지고 게으르고 남을 질투하고 비판하던 내가… 새로운 공간을 보고 느낀 것을 정리할 때… 그리고 변화할 때… 비로소 인생이 쉬워지고 즐거워집니다.

지금 흘러가는 시간이 아까워서 무엇이든 하고 싶어집니다. 일찍 자고 일찍 일어나 이른 새벽부터 무언가를 하고 싶어집니다. 나의 현재보다 발전된 1년, 5년, 10년 뒤가 기대가 됩니다. 그리고 한번 외쳐 봅니다. "자! 인생아 덤벼라!"

YOU CAN DO IT!!
당신은 할 수 있습니다!!

수많은 역경을 이겨낸 나

인생의 중턱에 서서 되돌아보면 참 많은 고난과 역경이 함께 한 듯하다. 포기하려고 한 적도 있었고, 이겨내려고 자존심 내려놓고 인내심은 최대치로 끌어올리면서 이 또한 지나간다는 마음으로 견뎌낸 것 같다. 그렇게 보면 현재의 인생은 참 평온하고 달콤한 인생인 듯하다.

나도 이제 시련을 이겨내고 자유로운 시절이 온다는 생각에 미소가 번진다. 그리고 이 평온이 언제까지 일지는 모르겠지만 지금 순간을 즐기고 싶다. 언젠가 또 시련과 고통이 오겠지만 지금은 잔잔한 호수와 같으니 미리 걱정은 하고 싶지 않다. 자유로움 속에서 나를 더 단단하게 만들기 위해 준비하는 과정이기도 하다.

그 어떤 것이 몰아쳐도 이겨낼 준비….
나는 작은 것에 집중하고 있다.
작은 습관이 모여 큰 뜻을 품기 위해…
아니, 큰 뜻이 아니어도 좋다.

나를 지킬 수 있고 인생 끝자락에서 후회하지 않는 것이 바로 나의 큰 뜻이다. 사람은 누구나 죽을 때 인생의 후회를 한다고 한다.

해보지 않은 것에 대한 후회.
가보지 못한 곳에 대한 후회.
소중한 사람에게 잘해주지 못한 후회.
그리고, 너무 열심히만 산 후회.
이런 후회들을 한다고 한다.

나는 아직 살아있으니 잘 모르겠지만… 인생 중턱에서 이미 깨닫고 있으니 나는 행복한 사람이다. 그리고, 그 깨달음에는 과거의 고난과 역경이 있었기 때문이다.

이 글을 읽고 있는 소중한 독자님들에게 전해드립니다. 지금의 시련은 인생 공부입니다. 곧 먹구름이 지나가고 눈 부신 태양… 그리고, 내 꿈을 걸어갈 무지개다리가 생길 것입니다. 아직 포기하지 마세요. 인생은 그렇게 지금 상황보다 더 좋아지니까요.
좋은 날도 있고 나쁜 날도 있고 인생은 그렇게 날씨와 닮았나 봐요. 주위를 둘러보면 모두가 똑같이 힘들고, 외롭고, 슬프고 그래요. 나만 그렇게 먹구름이 아니고 하루하루 버티면서 성장해 가는 것이 인생인가 봅니다.

　우리 모두 파이팅 하시고 행복하세요!

우리가 할 수 있는 최선을 다할 때 우리의 삶에,
타인의 삶에 어떤 기적이 일어나는지는 아무도 모른다.

미국의 사회사업가
-헬렌 켈러-

인생의 등급

우리는 교육이라는 것을 배우면서 등급이라는 것을 경험하게 된다. 살아오면서 꼬리표처럼 따라다닌다. 그 등급은 인원수에 맞게 1등부터 꼴찌까지 숫자로 잘 나타내서 보기 좋게 줄 세우기를 한다. 누가 1등이고 누가 꼴찌인지 명확하게 잘 보이도록 말이다. 1등은 자신감에 새처럼 날아오르고 꼴찌는 땅을 파고 들어갈 정도로 두더지가 되어버린다.

꼭 그렇게 새와 두더지가 되는 세상을 만들어야 했을까? 깊이 있게 생각해 본다. 교육이 끝나면 사회생활을 하게 되는데 이곳 또한 전쟁터다. 누구는 살아남고 누구는 궁지에 몰린 쥐가 되어야 한다. 어떤 이는 로켓을 타고 빠르게 올라가서 빠르게 짐을 싼다. 어떤 이는 거북이처럼 늦어서 정년 퇴임까지 일 열심히 하고 천천히 가게 되는 것이다.

사회생활은 마라톤과 같다. 선두그룹과 중간그룹, 하위그룹 또는 중도포기자로 나누어진다. 모두 결승점을 보고 최선을 다해 달린다. 그렇게 우리의 인생은 흘러가고 있다.

그럼, 인생의 마지막 눈을 감을 때 인생 등급은 누가 정하는 것일까? 아마 그것은 본인 스스로 정하는 것일 것이다. 잘 살았고 못 살았고는 등수나 ABCD 아닌 주관적인 생각으로 결정되는 것이다.

우리의 인생이 시작되는 시점에서도 등급이 없는 세상이라면 어떤 일이 벌어질까? 경쟁 없는 세상이라면… 타인과의 경쟁이 아닌 나 자신과의 경쟁이라면 말이다.

우리가 다이어트를 할 때처럼 남들과 비교하는 것이 아닌 어제의 나의 몸무게와 오늘의 나의 몸무게를 비교하는 것처럼 말이다.

인생의 등급은 내가 정하고 내가 판단하고 나와의 경쟁에서 이기면 되는 것이다. 사람은 모두 다르게 태어나서 다르게 살아가고 다른 생각을 하기 때문이다.

틀린 사람은 존재하지 않고 다른 사람이 존재하기 때문에 경쟁하는 것이 아니라는 결론이다.

어제의 나
오늘의 나
내일의 나

자신과 경쟁하는
세상을 위하여!!

남들 성공한다고
모방하는 인생

남들 모방한다고
운명까지 같아질 수는 없다.
운명의 항해를 돌려서
내 마음의 길로 나아가자.

낮은 곳의 아름다움

낮은 곳은 떨어질 곳이 없다
낮은 곳은 불안하지 않다

모든 사람은 위에서 아래로 흐른다
모든 것은 결과적으로 아래로 내려오게 되어있다

공원의 분수도 올라가지만 결국 내려온다
밤하늘의 불꽃도 올라가지만 내려온다
깊은 산 속 폭포도 위에서 아래로 흐른다
모두 내려올 때 더 아름답게 보인다

내려오는 사람의 뒷모습도
초라하지 않고 아름답다고 생각한다

버림으로써 얻으리라.

그대여, 탐내지 말라

|

-"법구경" 中-

하늘에서 황금비를 내린다 해도

욕망을 다 채울 수 없다.

|

-"숫타니파" 中-

모든 인간은 선천적으로 지식을 희구한다.

-아리스토텔레스-

유일한 선은 앎이요, 유일한 악은 무지이다.

-소크라테스-

진정한 앎은 자신이 얼마나 모르는지를

아는 것이니라.

-공자-

쓸데없는 지식에서도 큰 기쁨을 얻을 수 있다.

-버트런드 러셀-

모르는 것을 발견할 때 앎이 시작된다.

-프랭크 허버트-

지식에 투자하는 것은 항상 최고의 수익을 낳는다.

-벤저민 프랭클린-

10장.

지식은 내 삶에 만병통치약

인생길

우리는 태어나 수많은
경험과 시련과 아픔을 견디며 살아간다
무엇이 정답인지 어떤 길로 가야 할지
늘 갈림길에서 멈추고 고민하고 살아간다
이 길이 정답인 줄 알았는데 정답이 아니고
저 길이 정답이 아닌 줄 알았는데 정답이다
인생은 로또보다 더 어렵고 힘든 것 같다

하지만 길은 있다
그것은 책에서 많은 경험과 지식을 얻는
지름길을 선택하는 것이다
타인의 경험을 2만 원에 사는 것이다
우리는 그런 사람을 이상한 사람이라 생각하고
이상한 길로 가기 때문이다

그리고 인생길이 힘들어 술에 힘을 빌린다…

자신들의 지나간 역사,

기원과 문화에 대한 지식이 없는 사람들은

마치 뿌리 없는 나무와 같다.

|

자메이카 출신 흑인 지도자, 시민운동가

-마커스 가비-

생각의 가치

살면서 생각의 가치를 높여야 한다
생각의 수준을 높이기 위해서는
여러 분야를 접하고 깨달음에 게을러서는 안 된다
술보다는 책을 잡고 게임보다는 신문을 잡아야 한다
어떤 상황에 대처하는 능력이
술이나 도박, 게임을 주로 하는 사람보다
책이나 신문, 여행 등을 하는 사람의 차이는 엄청나다
그것은 나이가 들수록 더 깊게 나타난다

생각의 가치가 인생을 좌우한다!

미안하다.
나를 찾는데
조금 늦었어

변명 중에서도 가장 어리석고 못난 변명은
'시간이 없어서.'라는 변명이다.

미국의 발명가
-에디슨-

일을 하고 여가 시간에 우리는 재미를 찾아서 접근한다. 기분을 풀기 위해서 술을 마시고 겉으로 재미있는 게임을 즐기고 순간적인 한방을 위해 도박을 한다. 그것은 나를 위로하거나 여가를 즐기는 것이 아니다. 그냥 일시적이다. 나의 미래를 생각한다면 절대 그것만 해서는 안 되는 것이다. 항상 '시간이 없어서.'라는 변명을 늘어놓는다. 나중에 깨달아서 습관을 바꾸는 것은 정말 어렵고 힘든 일이다. 지금부터 조금씩 계획적으로 지식을 쌓지 않으면 늙어서 후회만 남는다.

감정표현 연습

　내 마음속 감정을 누군가에게 표현하는 일은 쉬운 일이 아니다. 하지만 서툰 감정표현으로 상대방에게 상처나 곤란한 상황을 만들어서는 안 된다. 우리는 감정표현 하는 연습을 게을리해서는 안 되는 것이다.

　가끔 감정표현 오류로 인해 가족, 친구, 동료들에게 오해가 생기는 일이 발생한다. 별것 아닌 것으로 헤어지게 되는 경우가 있다. 살면서 인간관계는 늘 존재한다. 그리고 인간관계가 유지되려면 의사 표현이 잘 이루어져야 한다. 내 생각과 지금의 심정을 부드럽게 표현하지 않고 감정표현을 격렬하게 한다면 상대방은 물음표가 생길 것이다.

　저 사람이 나한테 왜 그럴까? 상대방의 의문이 생기면서 병원에 데리고 가고 싶은 욕구가 생길 것이다.

　그럼 감정표현을 잘하려면 어떻게 해야 할까? 우선 자신의 감정 컨트롤을 할 수 있어야 한다. 행복하지 않은 어두운 감정은 절대로 자신을 컨트롤 할 수 없다. 행복에 대해서는 앞에서 의미를 부여하

였고 계속해서 할 것이기 때문에 따로 자세하게 언급을 하지는 않
겠다.

맑고 건강한 마음이 생기지 않으면 행복할 수 없고 행복하지 않
으면 감정 컨트롤을 할 수가 없다. 어린아이는 감정표현이 다양하
지 않다. 울면 배가 고픈지, 어디가 아픈지 알 수가 없고 웃으면 그
냥 기분이 좋은 것이므로 신경을 크게 쓰지 않고 안심을 하게 된다.
기분이 나쁘면 집어 던지거나 상대방을 때린다. 단순한 것으로 의
사 표현을 한다.

동물들도 비슷하다. 개를 한번 보자. 화가 나면 '으르렁'거리면서
짖고 물 수도 있다. 기쁘면 꼬리를 흔들면서 짖고 앞발을 들던지 뛰
어다닌다. 역시나 표현력이 단순하다. 보통사람들이 알 수 없는 표
현력이다. 온갖 상상력을 동원하여 생각해야 조금 알 수가 있다. 모
든 원인은 '언어표현'이라는 이유를 알 수가 있다. '언어표현'이 그
만큼 중요하다고 할 수 있을 것이다.

우리는 말로써 상대방에게 모든 것을 전달한다. 언어 사용을 명

확하고 자세하게 하지 않으면 성인이 되어서도 어린아이와 다를 바가 없다고 생각한다. 그렇다면 감정표현 연습에 있어서 가장 중요한 요소는 언어표현력이라는 결론이 나온다. 그럼 언어표현을 잘하기 위해서는 어떻게 해야 할까?

답은 간단하다. 책이나 신문 등 글을 많이 읽어야 한다. 글을 많이 읽으면 생각이 깊어지고 단어 사용이 다양해진다. 단어 사용이 다양해지면 문장 연결이 매끄럽게 되고 문장 연결이 매끄러워지면 전체적인 상황에 대한 말 표현이 잘 정리가 되어 상대방에게 의사표현이 쉬워진다. 말이 잘 나오면 굳이 격렬한 감정표현을 하지 않아도 문제해결이나 내 생각을 잘 전달할 수 있고 좋은 분위기와 좋은 인간관계가 이어진다.

이제부터 책을 통해 말하는 연습을 해보자. 인생이 달라질 것이다.

미안하다. 나를 찾는데 조금 늦었어

한 문장이라도 매일 조금씩 읽기로 결심하라.
하루 15분씩 시간을 내면
연말에는 변화가 느껴질 것이다.

|

미국의 교육 행정가
-호러스 맨-

책은 만병통치약이다

　책이 만병통치약이라고 하였지만 맞을 수도 있고 아닐 수도 있다. 누구에게는 그냥 종이 쪼가리에 불과하지만 어떤 이에겐 책은 만병통치약이 될 수도 있다. 우리가 책을 어떻게 생각하는지에 따라서 달라지고 어떤 책을 접하는지에 따라서 달라진다.

　인생의 길을 잃고 헤매는 자들
　삶의 자신감이 없는 사람들
　자존감이 낮은 사람들
　상처받은 사람들

　많은 사람의 만병통치약이 될 만한 책이 여러 종류가 있다.

　소설책은 외로운 이들에게 재미를, 시와 에세이 책은 마음 치유에 좋다. 인문학책은 인간과 관련된 근원적인 문제나 사상, 문화를 알려주는 학문으로써 인간관계의 문제점에 대한 실마리를 찾아준다.
　역사학책은 인간이 살아온 총체를 알 수 있어서 희망이 없는 자들에게 참고서로, 자기계발 책은 잠재되어 있는 자기의 슬기나 재능 사상 따위를 일깨워 줌으로써 어디로 향해 가야 할지 알려준다.

경제/경영 책은 우리에게 윤택한 삶과 행복을 준다. 가정/생활 책은 가정에 평화와 안정감을 줄 수 있다. 취미/스포츠 책은 인생의 재미와 삶에 활력소를 준다. 요리책은 맛있고 건강한 삶을 이어준다.

건강책은 내 몸을 사랑하고 오래 살 수 있도록 도와준다.

예술/대중문화 책은 좀 더 인생을 즐겁고 유익하게 살 수 있게 도와준다. 여행기행 책은 살면서 가보고 싶은 곳을 알려주고 여행의 흥미를 알려준다. 정치/사회 책은 세상사는 깊이를 더해준다.

과학책은 우리에게 신세계의 경험과 세상의 이치를 알려준다. 유아/아동 책은 자식들의 인생을 잘 살아갈 수 있게 부모의 역할을 알려준다. 만화책은 새로운 세계와 재미를 더해준다.

외국어책은 더 넓은 세상으로 나아갈 수 있게 해주고 외국인과의 언어소통을 도와준다.

이렇게 인생의 해답을 알려주는 인생 참고서는 우리가 살아가면서 꼭 읽어야 할 책들이다. 인생에 답을 못 찾아서 방황하는 사람들에게 서점으로 인도하고 싶어지는 심정이다.

그리고 중고책은 커피 2잔, 새 책은 커피 3잔 가격밖에 하지 않는다는 것!

세상에서 가장 가성비가 뛰어난 것이 책이라는 사실을 알려주고 싶다….

책 없는 방은 영혼 없는 육체와 같다.

|

-키케로-

모름지기 사람은 다섯 수레의 책을 읽어야 한다.

|

-두보-

내가 세계를 알게 되니 그것은 책에 의해서였다.

|

-사르트르-

책을 사느라고 돈을 들이는 일은 결코 손해가 아니다.

|

-왕안석-

배 없이 해전에서 승리할 수는 없다.
책 없이 사상전에서 이길 수는 없다.

|

-루즈벨트-

헤어질 때는 앙금을 남기지 마라.

친구든 적이든 파행적인 인간관계는 맺지 말아야 한다.

-그라시안-

친구는 제2의 자신이다.

-아리스토텔레스-

가장 큰 죄악은 허세 부리는 것이다.

-커트 코베인-

인생은 겸손에 대한 오랜 수업이다.

-제임스 M. 배리-

만나면 반드시 헤어져야 하는 것이

인생이 정한 운명이다.

-석가모니-

미안하다, 나를 찾는데 조금 늦었어

11장.

오래된 친구는 가족이다

친구의 효능과 부작용

우리는 적이 아니라 친구다. 우리는 서로 적이 되어서는 안 된다.
감정이 상했다고 서로 애정의 유대관계를 끊어서도 안 된다. 분명
선량한 본성이 다시 기억의 신비로운 현을 퉁길 것이다.

-에이브러햄 링컨-

우리는 친구라는 관계 속에서 늘 서로 위로해 주고 가족처럼 어려움을 보살펴 준다. 하지만 의견이 맞지 않거나 내 감정이 상했을 때 싸우기도 한다. 그렇게 끊어진 연을 계속 이어갈 때 서로 적이 된다. 그 끊어진 우정의 끈을 다시 매듭을 엮기는 어려운 일이다. 뜨거운 마음으로 물러서지 않으면 그 끈은 다시 이을 수 없다.

친구 사이에는 추억이라는 것이 존재한다. 그 추억을 돈으로 살 수도 없고 어디서 구할 수도 없다. 잃어버린 추억은 다시 찾을 수 없는 일이다. 하지만 양보라는 단어로 잃어버린 추억을 찾을 수 있고 또 다른 추억을 만들 수도 있다. 그 양보로써 다시 신비로운 현을 퉁길 수 있다.

모든 것을 가졌다 해도 친구가 없다면
아무도 살길 원치 않을 것이다.

|

-아리스토텔레스-

돈이 아무리 많아도 옆에 친구가 없다면 마음이 힘들 것이다. 우울할 것이다. 내 옆에는 내 돈을 보고 달려드는 똥파리 같은 인간들만 많이 몰려들 것이다. 영혼 없는 사람들…, 그저 내가 가진 것을 뺏기 위해 모인 사람들…, 너무 쓸쓸하고 외로울 것이다.

벗이 먼 곳에서 찾아오면 또한 즐겁지 아니한가
有朋自遠方來 不亦樂乎(유붕자원방래 불역락호)

|

-공자-

오늘 가장 친한 친구에게 안부 전화를 한번 해보는 건 어떨까?

학교 동창들

어린 시절 기억을 되새길 수 있는 것은
학교 동창 모임이다
어릴 적 즐거웠던 일…
힘들었던 일…
지금 생각하면 아무 일도 아닌데
그땐 굉장히 심각했다
10년… 20년… 뒤에도 지금 고민이
아무것도 아닐 수 있을 것이다

친구들아, 외모는 점점 늙어가고 변해가지만
우리의 우정은 변치 말자

혼란한 세상 사라지면 다시 만나길…

모든 언행을 칭찬하는 자보다
결점을 친절하게 말해주는 친구를 가까이하라.

|

고대 그리스 철학자
-소크라테스-

친구와 소주

친구와 소주 한잔
그것만으로 세상을 다 가진 듯하다
오늘 밤… 너무 행복하다
고갈비, 마른안주, 그리고 나의 친구

오늘은 행복하고 즐거운 밤이여
이 밤의 끝을 잡고 싶다

시간아 멈추어다오

진정한 행복은 잘 드러나지 않으며
화려함과 소란스러움을 적대시한다.
진정한 행복은 처음에는 자신의 삶을 즐기는 데서
다음에는 몇몇 선택된 친구와의 우정과 대화에서 온다.

|

영국의 수필가 겸 시인이자 정치가
"드 카바리"에서의 인물묘사는
영국 근대소설 발전에 커다란 영향을 끼쳤다.
-조지프 애디슨-

보내지 못한 내 남은 마음⋯

이러지 말고 그냥 듣고만 있자고 했지만⋯
술이 나를 괴롭힌다
나의 부족한 마음을 표출한다
다음엔 그러지 말아야지⋯
한걸음 뒤로 물러나 너를 안아야지 하면서도
쉽지 않은 미완성 인간인가 봐
늘 부족하지만 그것조차
아름다운 친구로 우정으로⋯
인생의 디딤돌로 살아가자

앞으로 또다시 만나면 좀 더 가까워진
우리의 모습을 기대하며

늘 부족한 친구, 병철

미안하다,
나를 찾는데
조금 늦었어

어리석은 사람은

인연을 만나도 몰라보고

보통사람은 인연인 줄

알면서도 놓치고

현명한 사람은

옷깃만 스쳐도

인연을 살려낸다.

피천득

-"인연" 中-

미안하다, 나를 찾는데 조금 늦었어

12장.

떠난 인연, 다가온 인연
그리고 SNS 인연

리플레이

다시 시간을 되돌릴 수 있다면
좀 더 너에게 잘해주고 싶은데
지나간 테이프를 되감듯
다시 그때로 돌아간다면
감추었던 내 감정을 표현하며
너를 감싸줄 수 있을 텐데

지금은 어디에 있니?
리플레이… 리플레이…

인연이 있다면
1,000리 밖에서도 만나게 된다.

-중국 명언-

미안하다,
나를 찾는데
조금 늦었어

SNS 인연

우리는 조건 없이 만나는 인연
그냥 같은 마음과 같은 공간 속에
서로 위로해 주는 친구
이 세상에서 가장 아름다운 공간
해와 달처럼 서로 만날 수는 없지만
같은 마음, 같은 의미

힘들 때 언제든 만날 수 있고
24시간 날 이해해 주는
아낌없이 주는 인연…

언제나 '좋아요'

등 뒤로 불어오는 바람 눈앞에 빛나는 태양

옆에서 함께 가는 친구보다

더 좋은 것은 없으리.

캐나다 출신 영화배우

-에런 더글러스 트림블-

SNS로 SOS

우리는 SNS를 통해 타인들의 삶과 글을 보면서
SOS 도움을 받는다

반대로 내가 SNS로 SOS를 해주기도 한다
그렇게 서로 도우면서 우리는 하나가 된다

우리 모두는 인생의 격차를 줄여주기 위해
서있는 그 누군가가 있기에 힘든 시간을
이겨내곤 합니다.

미국의 여성방송인,
20년 넘게 TV 토크쇼 시청률 1위를 고수해왔던
'오프라 윈프리 쇼'의 진행자로 유명하다.
-오프라 윈프리-

인간관계

    살아가면서 우리는 여러 종류의 관계와 마주하게 된다. 사회생활을 하면서 선후배 관계, 상사와 부하직원 관계 그리고 고객과 직원과의 관계, 남녀 간의 사랑하는 관계, 부부관계, 가족 간의 관계, 친구 관계 등 항상 관계 속에서 살아가고 있다. 사람과 사람 간의 관계에는 심리적인 부분이 항상 존재하고 좋은 관계와 나쁜 관계 또는 그저 그런 관계도 있다.

    관계 속에서 보이지 않는 연결선이 잘 소통이 되어야 부작용이 없고 원만한 좋은 관계를 유지할 수 있다.

감사하는 마음은 최고의 미덕일 뿐 아니라
모든 미덕의 어버이다.

고대 로마의 문인, 철학자, 변론가, 정치가
-키케로-

바람보다 계절

여름이 되면 겨울이 보고 싶고
겨울이 되면 여름이 보고 싶어진다

사람도 있을 땐 모르지만
멀어지면 그리워진다
계절은 다시 돌아오지만
떠난 사람은 지나가는 바람처럼
다시 돌아오지 않는다

지금 계절 같은 사람이 있다면
마음을 사계절로 바꾸는 순간

다시 돌아온다…

흔적까지 지울 수 없다면

친구, 연인… 인연들과 헤어졌다
영원히 보고 싶지 않다고 하면서
전화번호와 사진은 지우지 못했다

그럼 그 인연을 다시 만나고픈
마음이 못 지우는 것이다